Círculo Rojo

¿Por qué te vas?

¿Por qué te vas?

NO ES DÓNDE, ES CON QUIÉN

FERNANDO GÓMEZ SERRANO

Círculo Rojo
EDITORIAL

Primera edición: diciembre 2023

Depósito legal: AL 3169-2023

ISBN: 978-84-1199-921-2

Impresión y producción: Editorial Círculo Rojo

© Del texto: Fernando Gómez Serrano
© Maquetación y diseño: Equipo de Editorial Círculo Rojo

Editorial Círculo Rojo

www.editorialcirculorojo.com

info@editorialcirculorojo.com

Impreso en España - Printed in Spain

A mi «piña», porque juntos
somos invencibles

Hablamos de futuro como si la eternidad estuviera escrita
dando por hecho que todo lo que planeas ocurrirá,
nos empeñamos en planificar el mañana pensando que llegará,
dejamos besos, abrazos y palabras para otro momento como si
supiéramos que la vida nos va a dar otra oportunidad.
A veces es hoy, ahora, no existe un no te vayas o quédate
unos minutos más.
Lo que estás viviendo, este presente, mañana solo será,
en el mejor de los casos, un recuerdo que añorar.

F. G. S.

1

—

«Buenos días, comenzamos el boletín de las ocho de la mañana. La noticia destacada de hoy, doce de abril, es la muerte del empresario italiano afincado en España Adolfo Conti en su domicilio, a causa, según fuentes cercanas, de un infarto que acabó con su vida en el día de ayer. El funeral se celebrará hoy en el cementerio de El Carmen».

«Qué triste tiene que ser morirse cuando tienes tanto dinero», piensa David mientras intenta aparcar su coche en la calle en la que se encuentra la oficina donde trabaja como agente inmobiliario. Cada mañana lo mismo: atasco, buscar aparcamiento hasta la desesperación y poner el tique de la hora cada cierto tiempo. Desde que se puede pagar desde el *smartphone,* es mucho más fácil; eso sí, el olvido, en algunas ocasiones, le va costando algunos cientos de euros. «Mañana vengo en transporte público», piensa todos los días, reflexión que olvida cuando se da cuenta de la independencia y rapidez que el coche le da para realizar su trabajo a la hora de quedar con clientes y salir a enseñar casas por la ciudad.

Nunca pensó que ese terminaría siendo su trabajo, era una persona tímida sin don de gentes, todo lo que alguien que ocupa ese puesto no debe ser. Con el tiempo, aprendió a desenvolverse y tratar con los clientes con labia de buen vendedor hasta ser una persona muy valorada por las altas esferas de la empresa.

—Buenos días, ¿cómo va la mañana?

—Llegas tarde, David.

—Son solo cinco minutos, jefa, ya sabes cómo está el aparc…

—Sí, sé cómo está, por eso madrugo más. —Hay personas amargadas y después esta Leila, la jefa de oficina. No le pasa ni una, no lleva muy bien que, cuando ella todavía no era jefa, David le quitara la venta de una casa. Fue sin querer, debido a un malentendido; sin embargo, ella nunca se lo llegó a perdonar. Por eso, el ascenso fue una de las peores noticias que David podía recibir: tener por encima de ti en el trabajo a alguien que te odia no es lo mejor que te puede pasar—. Sobre tu mesa tienes trabajo, seguramente tengas que salir a enseñar algunas viviendas a lo largo de la mañana, te lo voy confirmando.

La inmobiliaria para la que trabaja está especializada en clientes con mucho poder adquisitivo con los que se debe tener una especial mano a la hora de negociar. Los ricos y sus excentricidades: que si la bañera para hidromasaje no está orientada al sur, la piscina no cubre los metros exactos o el monomando de la ducha no es bañado en oro, cosas que, para la gente normal de la calle, son tonterías que dan risa y, para ellos, son todo un drama, drama fácilmente solucionable cuando tienes dinero; eso es lo que piensa David, siempre queda bien con el posible comprador con la máxima de que el dinero todo lo puede, disimulando tanto que el cliente tiene lo que quiere habiéndolo pagado y, además, agradecido con el vendedor. Siempre le suelen regalar botellas de vino muy caro que nunca toma porque no le gusta o algunos productos *gourmet* que guarda un tiempo debido a la pena que le da comerlos; deben ser excentricidades de gente humilde.

Su trabajo, como su vida en general, es bastante monótono. Sus amigos, con los que solía salir para tomar cervezas y quedar con alguna excusa para terminar hablando de cosas sin mucha importancia muertos de la risa, han ido volviéndose personas aburridas e irreconocibles después de casarse y comenzar a tener hijos, uno detrás de otro, lo que algunas personas llaman ley de vida, ley que a David no le ha llegado la hora de cumplir; tampoco sabe muy bien si la quiere cumplir.

Una mujer de unos cuarenta, morena, estilizada, con un vestido negro y gafas de sol oscuras entra a media mañana a la oficina, abre la puerta con esfuerzo; de manera tímida y con un hilo de voz, da los buenos días.

David se levanta como un resorte y extiende su mano en señal de saludo.

—Muy buenas, bienvenida, ¿en qué podemos ayudarla? —Ese primer saludo suele ser de Leila, que, atenta, ve la escena desde la cristalera de su despacho mientras atiende una llamada telefónica.

—Necesito ayuda, la vida se acaba de hundir para mí y necesito a alguien que me ayude.

2

Decenas de personas se arremolinan para dar el pésame a Alma. A la gran mayoría ni la conoce. Solo quiere terminar la ceremonia y volver a su casa, que todo termine; lleva fatal el contacto a veces excesivo de la gente. Todo parece un mal sueño que comenzó con la muerte de su madre hace seis meses, después de una larga enfermedad, y ahora es su padre el que, de repente, ha desaparecido. Todo el mundo cree que no ha podido soportar la pérdida de su mujer. Por más que la gente cercana le animaba a salir por ahí con amigos a tomar una cerveza o a ver un partido de su deporte favorito, el fútbol, se negaba siempre. Queda muy poético, pero la verdad es que es como si la soledad es la que le hubiera matado. Eran un matrimonio muy unido, con sus peleas y broncas, como todos; sin embargo, no podían vivir el uno sin el otro, como así se ha demostrado.

Fue un empresario muy exitoso durante los noventa, levantó una empresa de logística fuera de España haciendo una gran fortuna que no supo gestionar, sobre todo en los últimos años de vida; su mala cabeza e inversiones nefastas en bolsa haciendo caso omiso a los consejos de su asesor financiero hicieron que le quedara lo justo para vivir, y a veces, ni eso. La empresa la heredó el hermano de Alma, Miguel. El negocio ya no es lo que era, pero le da para vivir. Aunque su forma de vestir, su manera altiva de ser y el pelo peinado para atrás con el brillo de la gomina hacen pensar a la gente que es millonario, nada más lejos de la realidad.

Vibra el teléfono dentro del bolso de Alma e interrumpe por unos momentos el largo pasamanos para leer el mensaje que le acaba de llegar.

«Hermanita, espero que estés bien. Ya me dirás cómo lo vamos a hacer con las pertenencias de papá y mamá».

Alma no lo puede creer: con el cuerpo de su padre todavía ahí presente y su hermano, que ni se ha dignado a viajar para acudir al entierro, ya está pensando en dinero.

Decide seguir atendiendo a la gente e intentar respirar hondo para que la rabia y el dolor no le hagan coger el teléfono y, de una llamada, decirle todo lo que piensa de él.

Una de las pocas personas que se acercan y que Alma reconoce es Enrique, amigo de la familia, casi hermano de su padre, una amistad de esas de toda la vida. Notario de profesión, llevaba muchos de los papeles de la familia y de la empresa.

—Lo siento mucho, Alma. Ya sabes, me tienes aquí para lo que necesites. Quizá no sea el mejor momento, pero acabo de hablar con tu hermano; pásate por mi despacho al terminar el funeral para conocer las últimas voluntades de tu padre. Miguel entrará por videollamada desde Italia. —Tenía razón: no era el mejor momento, todo tan apresurado, sin tiempo a pensar en nada. En el fondo, no quería pagar con aquel hombre su dolor, sabía que todo era cosa de su hermano, que, desde la lejanía, metía presión.

—Sí, nos vemos allí, muchas gracias.

Quizá así, quitándose todo de una vez, podría descansar y quedarse sola con su dolor, dolor de una hija que estaba muy unida a su padre. Él bebía los vientos por ella, la niña de sus ojos. Nunca le gustó que ella fuera, por así decirlo, la rebelde de la familia, que estudiara Enfermería por ese gusto por ayudar a los demás y nunca vistiera ni actuara acorde a lo que ellos creían una niña bien de una familia bien, sino que fuera todo lo contrario, la jipi de la familia pija.

No entendía cómo, en unos meses, toda su vida había cambiado tan radicalmente. Aunque, desde que se fue de casa, el trato ya no fuera tan del día a día, ellos siempre estaban ahí, pero ya no; su hermano, fuera, y su mejor amiga, desaparecida, como es normal, desde que dio a luz a su primer hijo. Qué vacío y soledad sentía de repente Alma.

3

Al terminar el funeral, Enrique se ofrece a llevar a Alma a su despacho; ella accede a ir con él, no está de ánimo como para coger el coche, conducir hasta allí y, lo que es peor, buscar aparcamiento en pleno centro.

Por el camino, el notario llama a la oficina para que su secretaria vaya preparando la videollamada con Miguel y adelantar tiempo para así dejar ir a Alma a descansar.

Llegan a un despacho con una mesa inmensa de madera y, en una pantalla muy grande, la cara de Miguel; su expresión no es para nada de tristeza, más bien todo lo contrario, lo que llena a Alma de coraje y enfado. Ni siquiera le saluda al entrar en la sala.

—¿Desea tomar algo? —pregunta la secretaria rompiendo ese tenso momento.

—Un vaso de agua fría, si me hace el favor.

La secretaria y el notario salen de la sala por unos instantes y los dos hermanos se quedan solos.

—¿Qué tal, hermanita? —le pregunta con un tono socarrón que enerva todavía más a Alma.

—¿Qué tal? ¿De verdad me preguntas qué tal? Acabo de enterrar a papá ¿y eso es todo lo que se te ocurre decirme?

En ese momento, el notario y su secretaria entran de nuevo; ella, con un vaso de agua que apoya sobre la mesa poniendo antes un posavasos para no dañar la madera de aquella obra de arte, y él, con algunos papeles en su mano, de una manera fraternal, apoya su mano sobre el hombro de Alma.

—Chicos, sabéis que, antes que notario, era amigo o quizá debería decir hermano de vuestro padre. Sé que es un momento muy doloroso, pero él no querría veros pelear. —Los dos hermanos bajan la cabeza avergonzados como dos niños pequeños—. Vamos a intentar agilizar este momento para que no se alargue y sea menos doloroso.

Enrique lee las últimas voluntades: deja a Miguel la empresa familiar; a Alma, la casa familiar, y reparte entre los dos algunos miles de euros que le habían quedado sin malgastar, migajas, comparados con el dinero que ese hombre había tenido en su poder. Al terminar, se despide de Miguel y se emplazan a hablar en los días siguientes de toda la documentación que habría de enviarle. Cuando cortan la comunicación, Alma se levanta y se dispone a marchar. Enrique le toca el brazo y le dice que espere; ella se vuelve a sentar algo sorprendida.

—Mira, Alma, tengo que hablar contigo, ahora ya no como notario, sino como amigo de tu padre. —Se toca la barbilla nervioso, sin saber muy bien cómo comenzar a explicarse—. Tu padre me dio esto para ti hace algún tiempo, me pidió que lo guardara y te lo entregara cuando él ya no estuviera aquí. —Saca una caja del tamaño de una de zapatos, la pone sobre la mesa y abre la tapa; dentro, un sobre y una cajita roja más pequeña.

Alma, sin dar crédito a lo que ocurre, saca el sobre y lee la carta en voz baja. Cuando termina, rompe a llorar, coge la cajita, la abre y observa lo que hay dentro; casi sin mirar, la vuelve a cerrar y, sin mediar palabra, se abraza llorando al notario.

Lo que en esas letras expresa su padre cambia su visión de él. Aunque se niegue a ello, ese hombre al que admiraba, su héroe, cambia su visión de la vida e incluso del amor; esto último es lo que menos la impresiona, tantos desengaños amorosos habían hecho de su corazón un témpano de hielo prácticamente infranqueable. Nadie la había tratado como su padre trató a su madre, nadie la había cuidado y querido como él a su madre. Siempre quiso buscar a alguien como su padre. La carta lo cambiaba todo, aunque solo pareciera un mal sueño de un día que nunca acababa, y, lo que es peor, cada noticia era peor que la anterior.

Alma sale de la notaría casi sin despedirse y camina a paso rápido sin un rumbo concreto. Le gustaría abrir una puerta y que detrás no hubiera nada, desaparecer y ya.

4

—Por favor, tranquila; siéntese, dígame en qué podemos ayudarla. —David acompaña a la mujer a su despacho y, acercando una silla, la invita a sentarse; sale a la puerta, coge un vaso de plástico, lo llena de agua del dispensador y se lo ofrece.

—Acaban de morir mis padres, quiero vender su casa.

—Entiendo su dolor. Nosotros nos encargamos de todo, ¿ha sacado las pertenencias de sus padres?

—No, no tengo valor para sacar nada de allí, ni siquiera he ido; son demasiados recuerdos.

—Sé que ahora es difícil, pero debe pensar en sacar los recuerdos.

—Salgo de viaje en los próximos días, intentaré hacerlo antes.

—Si quiere, yo la puedo ayudar. —David se da cuenta, justo al terminar la frase, de que acaba de sobrepasar sus atribuciones; sus ganas de ayudar a alguien que lo está pasando tan mal hacen que no piense lo que acaba de decir.

Se quedan mirando el uno al otro. Se hace el silencio. David cae en la cuenta de que acaba de meter la pata. Debía de tener mucho cuidado, los clientes que trabajan con ellos son personas adineradas y cualquier paso en falso podría ser un problema, la marcha de un cliente y lo que ello conlleva: pérdidas millonarias para la empresa a la que representa. Alma no sabe cómo tomar ese ofrecimiento por parte de un profesional; sin embargo, encontrarse en un momento tan duro con alguien tan sensible y con un trato tan cercano la hace sentir bien, tranquila. Su voz le produce una paz que hacía mucho tiempo que no sentía.

—Di-disculpe, yo no quería… —David intenta arreglarlo sin saber muy bien cómo.

Se escucha el sonido de tacones acercándose. Leila interrumpe el momento de tensión.

—Hola, buenas, soy Leila, la directora. ¿Va todo bien? —Extiende su mano y se saludan con un apretón.

—Todo bien, da gusto encontrarse con personas como él. —Alma señala a David.

Él pasa de verse en sus pensamientos buscando nuevo trabajo a poner una sonrisa de oreja a oreja, que no puede disimular, por el halago y por dar en las narices a su jefa, que seguro que iba buscando una respuesta negativa. En ese momento, Alma también sonríe tímidamente; es la primera vez que la ve sonreír y el mundo se acaba de parar. A veces, las ventas sacaban un lado insensible en David que él odiaba, ver a los clientes como meras cifras; aun así, con ella, estaba siendo muy atento dejando un poco de lado el tiburón comercial que tampoco le gustaba ser y solidarizándose con una persona que lo estaba pasando mal y necesitaba ayuda.

—Déjeme sus datos y yo contacto con usted para ir a ver la casa y buscar posibles compradores. —David vuelve a poner un tono de voz y un gesto profesionales.

—Tutéame, por favor. —La sencillez de aquella mujer contrastaba mucho con el resto de los clientes que por allí pasaban, todos tan estirados y con ese aire de superioridad que les da el dinero.

—Perfecto. Por cierto, soy David, mucho gusto; discúlpame, con todo el lío, ni me he presentado.

—No te preocupes; un placer, David, soy Alma, Alma Conti.

Él va cumplimentando el formulario con los datos personales. Hay algo que le resulta conocido, pero en ese momento no sabe ni de qué ni de dónde.

—Genial, dame la dirección de la casa y tu número. En estos días, cuando tú quieras, voy a verla y así puedo tomar algunas fotografías para la página web. Sería genial que ya tuvieras recogidas las pertenencias que no se quedarán en la casa para que no aparezcan en las imágenes.

—Lo intentare, sí; por cierto, ¿no me ibas a ayudar? —Ella rompe a reír casi sin poder terminar la frase, la cara de David se vuelve de un rojo intenso que le produce todavía más risa—. Es broma, no te preocupes —intenta aclarar tras ver lo mal que él lo está pasando.

—Si lo necesitas, no tengo problema en ayudarte —balbucea David, todavía colorado y muerto de la vergüenza.

Se emplazan para otro día. Solo han pasado unos minutos, media hora, quizá, desde que Alma entró por esa puerta desorientada, triste y desolada; sin embargo, es como si en ese oasis de paz nada malo pudiera ocurrir. Sale renovada, vuelve a pensar en sus padres, en la carta, en la cajita roja, pero algo dentro de ella siente que ese vacío ya no es tan profundo.

David recoge sus cosas de la mesa. Siente un nudo en el estómago. Mira la silla vacía; no sabe muy bien lo que acaba de ocurrir, ha sido tan rápido que no sabría explicarlo. Con una sonrisa al recordar otra, termina su jornada laboral.

5

—Creo que deberías pensar bien lo que tiras a la basura, hay cosas de mucho valor en esta casa y, por ser tan testaruda, podrías tirarlas y arrepentirte después.

—No te preocupes, tengo cuidado, solo que, después de leer esa carta, siento como que he vivido una farsa de muchos años y me vienen muchas preguntas a la cabeza que ya nunca tendrán respuesta; ellos ya no están para aclarar mis dudas.

—Alma se abraza a una foto de sus padres en un viaje que hicieron a París.

Cristina, su mejor amiga, se ha ofrecido a ayudarla con las tareas de limpieza en la casa de sus padres, vaciar esta de sus objetos personales y meterlos en cajas para llevárselos.

Cris es de esas personas que aparecen en tu vida casi por casualidad y que, al poco tiempo de conocerlas, sabes que estarán en ella para siempre. La conoció en unos campamentos cristianos a los que acudían jóvenes de todo el país. Ellas eran de la misma ciudad, casi del mismo barrio; sin embargo, el destino las juntó lejos de su casa.

—¿Qué has decidido? ¿Vas a hacer lo que tu padre te pedía en la carta?

—No he tomado una decisión aún. Creo que no debería; mi madre no se lo merece, y él, tampoco. Además, viajar a Italia y hospedarme allí me va a costar mucho dinero, no pienso quedarme en la casa de mi hermano; de hecho, creo que ni se lo diré.

Apilan algunas cajas en la puerta de la casa, todas etiquetadas por su contenido. Vaciar el hogar de sus padres es de las cosas más duras a las que Alma se ha tenido que enfrentar en su vida, se mezclan muchos sentimientos; de repente llora viendo alguna foto como ríe viendo otras, todo le recuerda momentos bonitos que ya nunca volverán.

Cristina se marcha cuando todo está más o menos recogido y empaquetado; se lleva algunas cajas para vender en una página de compraventa de cosas de segunda mano. A Alma no le hace mucha gracia quedarse sola en una casa tan grande y con tantos recuerdos, pasar algunos minutos, los últimos, en una casa que tuvo tanta vida y en la que ahora reina el silencio; un lugar donde siempre olía a la comida que su madre cocinaba y que ahora solo huele a vacío y soledad; un sitio en el que, de normal, hacía calor; es el frío de ya no sentir nada de eso lo que hoy le eriza el vello.

Se ha hecho un poco tarde, debía haber llamado a la inmobiliaria para avisar de que todo está recogido y preguntar si tienen algún tipo de servicio de mudanza o transporte para llevar todas las pertenencias de sus padres hasta su casa; además, volver a escuchar la voz de ese chico en la que últimamente había pensado le apetecía bastante.

—¿Sí?, ¿dígame?

—Buenas tardes, soy Alma, Alma Conti. ¿Hablo con David?

—Hola, sí, soy yo. ¿Cómo está?

—¿Cuándo me vas a tutear?

Se escucha una risa tímida.

—Sí, discúlpame. —David, por lo general, es un chico extrovertido, solo es en el trabajo donde se transforma en otra persona; en su vida personal es alguien tímido y vergonzoso, algo que Alma nota y, adrede, le hace pasar un mal rato sin maldad.

—Estaba aquí metiendo cosas en cajas, como me pediste, y me acordé de ti, de que me ibas a ayudar; veo que era mentira. —Ella sigue jugando y él sigue sin darse cuenta.

—Yo… Si te ofrecí mi ayuda, no me dijiste nada. —La voz tan seria y el tartamudeo nervioso hacen que Alma explote en una carcajada.

—Tranquilo, es solo una broma, solo que sí necesito a alguien que lleve todas las pertenencias de mis padres a mi casa, y lo más grande, a un trastero de alquiler.

Aquella mujer que estaba al teléfono era completamente distinta a la que hace un par de días entró por la puerta pidiendo ayuda; eso, a David, le encanta. ¿De quién era la casa?, ¿por qué la quería vender?, la razón podía ser que se marchara a vivir a otro país, mencionó en algún momento de la conversación que se iba de viaje en unos días; tantos interrogantes pasan por la cabeza de ese hombre, estaría encantado de resolverlos todos con un café delante mientras mira a los ojos a esa mujer de sonrisa bella que no se ha podido sacar de la cabeza.

—Trabajamos con una empresa de mudanzas que podría hacerlo, solo que tardaría unos días, ya que tiene la agenda llena. —David piensa una y otra vez lo que va a decir y, hasta el último momento, no sabe si hacerlo—. Mi padre tiene una furgoneta grande, podría pedírsela y hacerlo yo; si tú quieres, claro. —Ya está, lo ha dicho. El silencio es corto hasta la respuesta; a él se le hace como dos o tres horas.

—Claro, me parece una idea genial. ¿Qué tal te viene mañana?

—Muy bien, es sábado, no trabajo. Quedamos allí a las diez de la mañana.

Dos personas, cada una a un lado del teléfono, deseando verse, queriendo estar tan cerca, pero a la vez tan lejos. Es increíble cómo el ser humano se pierde tanto a veces por no querer quedar mal o por miedo al rechazo en una encrucijada de caminos que, desde un principio, es tan fácil. Esa noche a los dos les cuesta dormir, en el techo de cada uno aparece la cara del otro y se sonríen mutuamente sin que ninguno de los dos lo sepa. «No le he preguntado si necesitaba que la recogiera en algún lado para llevarla», piensa él; «No le he dicho si quería tomar un café antes de empezar a cargar cajas», piensa ella; «Qué habrá pensado de mí», se preguntan los dos.

6

—

Son la diez de la mañana. David toca el timbre del chalé de la calle Los Prados, número dos, impresionado por la magnitud de la casa. Le ha sido fácil encontrar la urbanización, es una zona donde trabajan mucho. Un leve sonido indica que la puerta se ha abierto, la empuja y entra en el inmenso jardín tímidamente. Un caminito de piedra lleva hasta la puerta principal de la casa; allí, asoma Alma levantando la mano y, gritando, le da la bienvenida haciendo aspavientos para que pase.

Le recibe con dos besos y un medio abrazo muy cálido al que él responde con cierto nerviosismo.

—Adelante. Disculpa las pintas, ayer, al final, me quedé a dormir aquí; quería pasar la última noche en esta casa —se intenta disculpar ante ese hombre que va vestido casual a la vez que elegante y que, además, huele genial; al terminar la frase, se le quiebra la voz.

—Es una casa preciosa y muy grande, entiendo que te cueste dejarla. —David intenta ser políticamente correcto; en el fondo, le encantaría saber el porqué de dejar la casa y cuál sería su destino, entre otras muchas cosas.

—Sí, es muy bonita, aunque lo más bello que albergan estas paredes son todos los bonitos recuerdos. —De nuevo, su voz se vuelve a quebrar. Le encantaría romper a llorar y desahogarse; sin embargo, no cree oportuno en ese momento volver a llorarle a ese pobre chico que amablemente se ha ofrecido a ayudarla—. Bueno, manos a la obra —rompe el momento triste.

Ella dirige las operaciones y él acata órdenes. Van sacando cajas y algunos muebles, lo más pesado lo llevan entre los dos; hacen tres viajes al trastero alquilado al lado de una gasolinera a las afueras de la ciudad. David se queda impresionado con algunos objetos de coleccionista que hay en esa casa; sobre todo, hay algo que le llama la atención: una máquina de escribir antigua. Si algo le apasiona, son las antigüedades, ha llegado a recorrer miles de kilómetros junto a su padre de feria en feria. No siempre puede comprar todo lo que le gusta, más bien nunca; son objetos de alto valor económico y ni él ni su padre pueden permitirse desembolsar tanto dinero en caprichos. Sin embargo, esa máquina mezcla sus dos pasiones: lo antiguo y su amor por las letras.

—¿Te gusta? —le pregunta Alma al ver su cara admirando esa joya.

—Me encanta, he visto muchas a lo largo de mi vida y esta creo que es la más bella.

—Mi padre la usaba mucho, parece que lo estoy viendo concentrado escribiendo en ella; después, cuando se dejaron de usar, la tenía solo como objeto de decoración que trataba con mucho cariño. No dejaba que nadie la tocara.

—Bueno, le entiendo, es que es preciosa.

David le iba a preguntar si la vendía; sin embargo, después de una confesión tan íntima, no se atrevió.

Las últimas cajas son los objetos más personales que se quedaran en casa de Alma y, por tanto, las que David carga en la furgoneta al final.

Mientras, ella, con la casa ya en silencio y el eco retumbando en los cimientos, decide dar el último vistazo para no dejarse nada; a partir de ese momento, ella no volverá por allí y será la inmobiliaria la que gestione la venta. Sabe que la nostalgia no es el mejor lugar para vivir; aun así, comienza su vuelta de reconocimiento.

En la planta de arriba están las habitaciones de invitados, la de su hermano y la suya. Se asoma desde la puerta a la de Miguel; al fondo, ve a dos niños compartiendo gominolas, escuchando música, grabando canciones de la radio en casetes e improvisando coreografías juntos para después enseñárselas a sus padres, aunque al final el jurado acabaría siendo siempre su madre. Dos pasos más allá está la suya. Al asomarse, ve a una niña feliz, dibujando en libros de pinta y colorea, tratando a sus peluches de sus dolencias con el maletín de doctora que los Reyes Magos le habían regalado, una madre sentada a la orilla de la cama leyéndole un cuento hasta quedarse dormida.

Alma baja las escaleras. En el piso de abajo está la cocina; por ahí han pasado muchas personas, cocineros, cocineras y mucha gente de servicio que sus padres contrataban. Aun así, vuelve a ver a su madre allí preparando comida para todos con una sonrisa; quería ser ella la que siempre cocinara cuando los domingos o algunos festivos se reunía toda la familia, los tíos, los primos y los abuelos. Todavía puede escuchar las risas y el sonido de las copas brindando con cava por cualquier cosa, el caso era celebrar. «Qué distinto y cómo ha cambiado todo», piensa Alma. Ese último paseo por la casa está siendo una especie de regresión psicológica, está volviendo a momentos de su vida a los que su cabeza no había vuelto nunca y las lágrimas brotan a borbotones hace rato.

Se asoma a la habitación de sus padres. Solo asoma un poco la cara a través de la puerta, quizá sea la estancia más dura de la última visita a la casa. Todavía huele al perfume de su padre y eso la mata; sin embargo, lo que ve en esa habitación no es a él: su madre, tumbada en la cama, llora noche tras noche mientras una niña inocente intenta consolarla sin saber lo que está pasando. Su madre era una mujer muy risueña, nunca nadie la vio triste. Alma se da cuenta de que no siempre la sonrisa de esa mujer había sido real, ¿y si nunca lo fue? Es al dar dos pasos a su derecha y mirar a la habitación del servicio cuando, por primera vez, ve a su padre en toda la casa; está abrazado a una mujer, no es su madre. La cabeza de Alma va demasiado deprisa y los cabos se atan solos; la carta de su padre tiene mucho que ver con esa imagen, darse cuenta de eso tan tarde hace que esa niña convertida en mujer se tape la cara con las manos y pegue un grito seco de dolor que retumba en toda la casa y en casi todo el vecindario; cae de rodillas al suelo, las lágrimas que caen de sus ojos son proporcionalmente iguales al dolor tan grande que siente.

David, que, intuyendo ese deseo de pasar unos últimos minutos en soledad, se queda en la furgoneta esperando, sale corriendo raudo y asustado hacia el interior de la casa al escuchar el grito desgarrador de la mujer.

Al entrar, se la encuentra tirada en un pasillo justo enfrente de dos puertas casi juntas; una es más amplia, la otra, más pequeña. Se agacha y le pregunta si está bien; sin mediar palabra, Alma lo aparta de un empujón y sale corriendo de la casa. Cuando David va tras ella, ya no la ve. No sabe qué hacer, a dónde ha podido ir. La idea era aprovechar y hacer unas fotos a la casa, pero debe ir a buscarla, el estado en el que se encuentra no es normal y le puede pasar algo. Se da cuenta de que no tiene registrado su móvil. Llama a la oficina; siendo sábado es difícil que haya alguien allí. Nadie le contesta. Prueba con el teléfono personal de su compañera; acaba de enseñar una casa y va para la inmobiliaria, cuando esté allí, le llamará.

David cierra la casa, guarda las llaves y arranca la furgoneta. Se va a dar vueltas a la manzana intentando encontrar a Alma. Pasa por un parque donde padres y madres pasan la mañana con sus hijos; les pregunta, nadie la ha visto.

Suena el teléfono, quizá sea ella.

—¿Dígame?

—Hola, ya estoy en la oficina. —Es su compañera.

—Necesito que entres en la ficha de Alma Conti y me digas el teléfono que figura.

—¿En qué lío estás metido? —La voz alterada y la falta de respiración le delatan.

—Nada, no te preocupes, tengo un comprador y necesito hablar con ella. —No puede decirle la verdad. Hubo un tiempo en el que congeniaban de maravilla. Un día, descubrió que se llevaba muy bien con la directora, tan bien que le traicionaba en temas muy serios del trabajo; desde entonces, decidió tener una relación cordial y no fiarse ni de una ni de otra.

No puede dejar de llamarla una y otra vez, le envía mensajes. No sabe muy bien cómo podría ayudarla. Ignora de quién es la casa, por qué la deja y, lo que es peor, qué acaba de ocurrir; faltan tantos datos para poder ayudarla que se siente impotente.

Entra en el único bar del lugar, pide un café para llevar y se marcha a la puerta de la casa por si decide volver; allí sentado, la sigue llamando, qué más podría hacer. No conoce a nadie de su entorno y no sabe la dirección del lugar donde había que llevar las últimas cajas, no es el trastero donde habían trasladado lo demás, sino su domicilio particular, eso es lo que ella había comentado.

Por un momento, David piensa por qué está allí, quién le manda meterse en esos líos que no le corresponden, ¿y si estaba haciendo ilegal? Mil pensamientos pasaban al segundo por su mente, es lo que tiene no conocer la situación; él estaba allí solo y nada más que por una preciosa sonrisa que debía encontrar para volver a encender.

Solo han pasado veinte minutos desde que todo ha ocurrido. David no sabe cómo actuar, su cabeza va a mil revoluciones, piensa incluso en llamar a la Policía, quizá sea demasiado pronto. En su mente retumba una y otra vez ese grito y se maldice por no haber evitado que saliera corriendo.

Algunos vecinos que pasean con sus perros comienzan a mirar extrañados la presencia de la furgoneta aparcada y un hombre en su interior, un hombre desesperado que no sabe qué hacer. Vuelve a iniciar la marcha en busca de Alma; al final de la larga calle comienza un pinar, un lugar muy bonito y verde donde gente de la zona acude a pasear y correr. David aparca y decide seguir a pie su búsqueda con la esperanza de encontrarla allí. Cuando lleva unos diez minutos andando, a lo lejos intuye un estanque con algunos bancos alrededor; hay una persona en uno de ellos que no llega a distinguir. Acelera el paso con cautela, no le gustaría asustar a quien allí esté en caso de que no sea ella. Se acerca, el sonido del agua que cae de la fuente del estanque y el canto de los pájaros hacen del sitio un lugar idílico y muy tranquilo.

—Por fin te encuentro, no sabes el susto que tengo encima. —La voz de David es agitada, intenta hablar con un tono de voz bajo para no romper el ecosistema y no asustar a Alma.

—Lo siento. —Un hilo de voz sale de una mujer que apenas puede levantar la cabeza y mirar a los ojos al hombre que está frente a ella preocupado y aliviado a la vez.

—No sé qué pasa en tu vida, casi no nos conocemos, solo te digo que puedes contar conmigo para lo que sea; si necesitas hablar, aquí me tienes y, si prefieres que nos quedemos en silencio, también, cuenta conmigo —dice mientras se sienta a su lado, a una distancia prudencial para no invadir su espacio.

—Aquí veníamos mi hermano y yo a jugar, a ver los peces y darles de comer; en verano era uno de nuestros pasatiempos favoritos, me podía quedar horas y horas sentada mirándoles, imaginando cómo sería ser uno de ellos, de un color bonito y siempre en el agua, mira. —Saca su teléfono, entra en la galería de fotos y desliza rápidamente entre un montón de fotografías—. Esta es la última foto que nos tomamos los cuatro. —En la foto, un matrimonio adulto y un chico junto a una chica, todos sonriendo sentados en la barandilla de piedra del estanque.

—Se os ve muy felices. —David intuye algo, pero no sabe nada e intenta medir mucho sus palabras para no meter la pata; la cara del señor le es muy conocida.

—Sí; por desgracia, es tiempo pasado, ya no volverá. ¿Nos vamos? —Ella parece reconfortada, se levanta con determinación y David va detrás, un poco extrañado por esos cambios de humor tan repentinos. «Seguro que habrá explicación», piensa él.

De camino a la furgoneta, pasan por una zona con mesas y bancos de piedra justo al lado de un riachuelo que deja impresionado a David; había ido por allí por trabajo, pero jamás pensó que existía un paisaje tan bello justo al lado de las urbanizaciones.

Alma le explica que es uno de los lugares más especiales para ella. En verano subían a veces a cenar allí, llevaban cualquier cosa de comer, algo simple, lo importante era estar allí los cuatro al aire libre, bajo la luna y las estrellas, con el sonido del río y los grillos; los cuatro eran su hermano, su madre, la persona de servicio y ella, era casi fiesta nacional el día que su padre los podía acompañar.

—Aún recuerdo el día que cumplí doce años, todo esto lleno de globos, patatas, bocadillos y bebida, amigas y amigos del colegio por aquí corriendo, y, de repente, por sorpresa, llegó un mago famoso que por entonces actuaba en televisión; me dijo que, como mi padre no podía estar presente, me regalaba su presencia allí. Me quedé boquiabierta y fui la chica más popular gracias a mi padre. Jamás olvidaré el 28 de agosto de 1995.

—Debió ser muy especial, me alegro mucho de que tengas ese recuerdo tan bonito. —David la nota ilusionada y emocionada a la vez, parece que es un lugar al que le tiene mucho cariño. No habla mucho, prefiere dejar que ella saque sus emociones y se desahogue; además, todas las grandezas que ella cuenta de su niñez él no las tuvo. Nunca le faltó nada; sin embargo, su familia es humilde, en ninguno de sus cumpleaños apareció un mago famoso, era feliz con sándwiches de nocilla, refrescos de marca blanca y algunas bolsas de patatas. Comprendía que, debajo de esa fachada de mujer tan normal, había un pasado de niña bien que separaba sus mundos con un abismo.

7

—¿Quieres beber algo? Lo siento, soy un poco desastre y, con el ajetreo de estos últimos días, no he ido a hacer la compra. ¿Te parece bien si pedimos algo de comida a domicilio?, yo invito; además, me tienes que decir lo que te debo por el gasto de gasolina de la furgoneta.

Después de subir las últimas cajas a la casa de Alma, los dos se sientan alrededor de la mesa de la cocina a descansar.

—Sí, por favor, un poco de agua, tengo la boca seca. No digas tonterías, no me debes nada, te dejo que me invites a comer algo y en paz. —La sensación de David es extraña, se siente bien con esa mujer, pero hay algo que no le acaba de encajar en su forma de ser y actuar en algunas ocasiones, lo que le produce algo de miedo; eso sí, cuando ella le sonríe, ya puede desatarse un tsunami, nada más importa.

Piden algo de comida al restaurante chino de debajo del apartamento de Alma. Es un barrio de gente obrera que nada tiene que ver con el lugar donde habían pasado la mañana, eso descoloca aún más a David. Está deseando sentarse a comer para intentar saber más sobre la mujer a la que hace horas conoce, con la que ya ha vivido cosas intensas y, aun así, todavía no sabe nada de ella.

Tarda poco en sonar el timbre, colocan la comida sobre la mesa y comienzan a comer.

—Entonces, ¿tú vives aquí? —Ya no aguanta más y ella ríe como si estuviera haciéndole sufrir adrede esperando su pregunta.

—Sí, yo vivo aquí, la casa en la que hemos estado es de mis padres. En seis meses han fallecido los dos y por eso la quiero vender; me encantaría quedarme con ella, solo que no puedo mantener algo tan grande con mi sueldo.

—Vaya, lo siento mucho, quizá no debí preguntar —miente David; estaba deseando saber eso y mucho más—. ¿Y tu hermano?

—Vive fuera del país, por aquí no viene mucho.

—¿Y por eso te vas de viaje? —En esos momentos ya no puede parar de preguntar y las suelta una detrás de otra.

—Sí…, pero no a verle a él. Vaya, tenías guardado un examen para mí. —El rostro de Alma se torna serio y la cara de David se vuelve de un rojo intenso que no puede evitar. En ese instante, ella rompe a reír a carcajadas y él la sigue.

—Te encanta hacérmelo pasar mal, hoy llevas unas cuantas, primero desapareces y ahora esto.

—Lo siento. ¿De verdad lo has pasado mal esta mañana?

—Fatal, tenía un nudo en el estómago, estaba muy preocupado.

La confesión de David es como una balsa en mitad del mar. Una persona a la que conocía de muy poco le estaba ayudando, la escuchaba, entendía y se preocupaba por ella; era tierno, cariñoso, educado, mucho más de lo que nunca nadie había sido con ella. La trataba de una forma como jamás la habían tratado, acostumbrada a esos tíos que se le acercaban siempre para lo mismo, enseguida ocupando su espacio vital; él no, ni siquiera la había abrazado cuando la encontró en el pinar. El respeto y la prudencia, junto con la timidez, habían dejado a David muchas veces fuera de juego con alguna mujer esperando a que ella diera el primer paso. Todo apuntaba a que en este caso iba a ocurrir lo mismo.

—Si en algún momento te apetece, me puedes contar qué es lo que ocurrió. —«Cuéntame ya, por favor», es lo que él quería decir; sin embargo, no quería presionarla.

—Nada, encontré algo que me trajo recuerdos y me sentí mal.

—Ella miente, él no se lo cree. Los dos se miran y esbozan una sonrisa, la preocupación de ese hombre por ella la hace sentirse cada vez mejor.

Recogen los restos de comida y envases. Al darse la vuelta, ella tropieza, él la coge; es la primera vez que los dos tienen contacto piel con piel. Ella se siente bien entre sus brazos, él nota su suave piel y un escalofrío recorre su cuerpo. Se miran fijamente durante unos segundos, los dos imaginan cómo será perderse en los labios del otro. Ninguno da el paso y ese momento fugaz pasa, vuelven a la posición natural y, sin mediar palabra, siguen recogiendo la mesa.

David decide que es buen momento para irse, aunque sea lo último que desea; Alma no lo evita, aunque es lo único que quiere.

8
___

«Esta casa tiene muchas posibilidades de venderse ensegui-da», piensa David mientras toma un montón de foto-grafías; después elegirá en su ordenador cuáles son las que más favorecidas quedan para subir a la página web y mostrar a los clientes. Lleva unos días con una sonrisa tonta que no puede ocultar; pensó en llamar a la culpable de esa felicidad, pero su prudencia en todos los ámbitos de la vida le hace querer dar es-pacio y no agobiar a alguien que está pasando por un momento duro. La situación es extraña: desde que salió de su casa, no ha dejado de pensar en Alma ni un segundo; el problema es que no conoce nada de ella y quizá se esté ilusionando demasiado pronto de una mujer de la que sabe muy poco y con una apariencia de alma libre. Piensa en enviarle las fotos con la excusa de saber su opinión sobre cómo han quedado; acto seguido, se da cuenta de que quizá sea demasiado doloroso para ella volver a ver la casa de sus padres. Decide esperar a que Alma dé el primer paso, aunque eso le cueste un mundo.

Alma tiene miedo. Toma café con su amiga Cristina y le cuen-ta que ha conocido a un hombre maravilloso. No está preparada, en unos días se marcha a Italia y no sabe cuándo volverá. Ha pedido una excedencia en su trabajo, lo que allí tiene que hacer le puede llevar días, incluso semanas. Es el hombre perfecto, no quiere hacerle daño; ella y sus inseguridades. Cree que es mejor así, se siente cobarde al no coger el teléfono y quedar con él antes de coger el avión.

La amiga le aconseja que ponga distancia y allí, si en algún momento tiene tiempo para pensar, que lo haga. Ella es todavía más radical que Alma para el amor, tuvo muchos desengaños hasta que encontró a su actual pareja, con la que tuvo un hijo. Él quiere casarse, ella no; de momento, no lo han hecho y no parece que vaya a ocurrir.

El resto del café lo pasan poniendo precio a las cosas que Cristina se llevó a su casa para hacer fotos y subirlas a Wallapop. Alma espera tener todo vendido a su vuelta, incluso la casa. Quizá deba enviar un mensaje al vendedor de una manera profesional y comentarle la fecha de su marcha. Después del café con su amiga, vuelve a casa, abre Google y comienza a preparar su viaje.

Lo hace sin saber cuántos días tendrá que pasar allí. Le va a salir muy caro y siente mucha rabia: con todo lo que le va a costar, podría irse de vacaciones a un lugar elegido por ella. A ratos, piensa en no ir y que todo se quede como está; sin embargo, el amor que siente por su padre, a pesar de todo, hace que pese más la idea de cumplir sus últimas voluntades, aunque para ello deba dejar su vida aquí por unos días y marchar sin saber lo que le deparará un viaje a lo desconocido. Su padre nunca les enseñó sus raíces, su pasado; era él quien iba y venía por su negocio, o eso creían en casa. Después fue cuando intentó inculcar la profesión a Miguel y este se trasladó allí. Ahora se arrepiente de no haberle pedido que le enseñara a hablar italiano o que la llevara alguna vez a saber más del país de su padre; es lo que tiene pasar una mala adolescencia, no das valor a las cosas importantes, después echas raíces, estudias, trabajas, y la vida pasa tan rápido que, cuando te quieres dar cuenta, solo quedan dudas, preguntas y lamentos.

Una vez comprado el vuelo, reservado el hotel, y tras buscar algo de información sobre Bérgamo, la ciudad donde debe aterrizar, decide enviar un mensaje al hombre que está a punto de vender la casa de sus padres, por el que suspira cada cinco minutos. Quiere escribirle, pero de una manera profesional y solo por negocios, nada de sentimientos.

David retoca las fotos de la casa de la calle de Los Prados para subirlas y empezar a negociar su venta. Le encanta: esas habitaciones amplias, el jardín con una piscina pequeña, pero muy acogedora, para los días de duro calor en verano… El sonido fuerte de su teléfono le despierta de sus pensamientos; es ella, su nombre aparece en las notificaciones, la sonrisa de David reluce de lado a lado de la cara.

«ALMA CONTI (LOS PRADOS). Hola, mañana saldré de viaje a Bérgamo, no sé cuánto tiempo pasaré allí. Ojalá cuando vuelva ya esté la casa vendida, me avisas de las novedades. Te dejo el número de mi notario, Enrique Antón; es como de mi familia, puedes tratar con él cualquier tema, él firmará la venta. Un saludo».

David es la viva imagen de un hombre derrotado leyendo una y otra vez un mensaje frío y escueto. Su sonrisa se borra de un plumazo. Duda exactamente qué responderle, vuelve a ser una completa extraña y quizá, como tal, de una manera profesional debe tratarla.

«DAVID INMOBILIARIA. Hola, perfecto, guardo el teléfono del señor Antón. A partir de esta noche, la casa ya está en venta. Espero que tengas un buen viaje. Un saludo».

Ahora es ella la que se hiela. Quizá esperaba una respuesta más cariñosa por parte de David; sin embargo, no tarda en reconocer la obviedad del asunto: si el recibe un mensaje serio y frío por un tema de trabajo, la respuesta debe de ser igual.

2

El vuelo está a punto de despegar. Alma repasa mentalmente todo lo que lleva en el equipaje, cree no dejarse nada; da un último vistazo al móvil antes de meterlo al bolso, saca una agenda y de ésta la carta de su padre, la vuelve a leer, vuelve a sentir rabia. Ya no hay vuelta atrás; busca una posición cómoda en el asiento, mira por la ventanilla, cierra los ojos y respira hondo. El avión comienza a despegar. Cuanta más altura coge, mayor es la sensación de relajo; piensa que poner distancia con esta vida que le estaba tocando vivir le va a venir bien. Solo hay algo que le entristece: el cruce de mensajes tan frío con alguien con quien había sentido tanto en muy poco tiempo; quizá, su contestación, también fría, era la señal perfecta para no sentirse tan mal, seguro que él no siente nada.

El clima es bueno, la temperatura no es muy alta. Está lloviendo, no es el recibimiento perfecto. Un taxi lleva a Alma hasta Via Colleoni 1, en plena Città Alta, el antiguo barrio alto, la zona con más encanto de Bérgamo. El paisaje que ha visto de camino la deja encantada. Parece que el taxista, un hombre de unos cincuenta, con barriga prominente y una conversación extensa, no ha elegido el trayecto más corto, no está segura; ha sido muy simpático, aunque le haya entendido poco de todo lo que le ha contado.

El hotel está situado en plena Piazza Vecchia. Por fuera se aprecia un edificio pequeño comparado con la imponente Biblioteca Angelo Mai, que está justo al lado. Con el primer vistazo a la plaza, ya queda enamorada del lugar, desaparece todo arrepentimiento de haber viajado y, aunque está allí por algo no muy de su agrado, está deseosa de conocer cada calle de la ciudad.

Cruza la puerta del lugar donde se hospedará los próximos días. Al fondo, en una pequeña recepción, la espera un hombre sonriente que, presentándose con el nombre de Fabio, le da la bienvenida en un perfecto español con acento italiano. Una vez realizado el registro, el recepcionista le pregunta si es su primera vez allí; ante la respuesta afirmativa, saca un mapa de la ciudad y rodea con un bolígrafo los lugares más interesantes que visitar.

Alma agradece la bienvenida y sube unas pequeñas escaleras de madera. Busca su número de habitación y accede a ella: es pequeña, sencilla, parece recién reformada; el cabecero de la cama y las mesillas son de madera, al igual que el escritorio que hay en frente. Las vistas desde el pequeño balcón dan a la parte de la plaza, lo que se ve es de postal; el barullo que se escucha al abrir la ventana es algo molesto, aunque es lo de menos, parece una ciudad muy tranquila fuera de las horas punta de turistas.

De un salto, cae bocabajo en la cama. Está anocheciendo. Piensa en bajar a cenar algo antes de dormir, pero no le da tiempo, Morfeo la abraza y, vestida, pasa su primera noche en Italia.

Cuando despierta sobresaltada, son las ocho de la mañana. Se da una ducha y baja a desayunar. El personal del hotel es muy agradable, especialmente Fabio, siempre con una sonrisa intentando dar un trato lo más cercano posible.

Decide empezar con el tema que la ha llevado hasta allí. Su deseo sería recorrer las calles y hacer turismo; quizá, por la tarde, una vez realizado el cometido, podría estar tranquila para dedicar tiempo al ocio.

Recoge la carta de su padre y la cajita y recurre a Fabio para disipar sus dudas de cómo ir a la otra parte de la ciudad, la zona baja; amablemente, le indica cómo hacerlo y sale del hotel. El día está nublado, no hace frío, corre un leve viento que se agradece a la hora de caminar. Todavía la plaza está en silencio, se puede escuchar perfectamente el agua de la Fontana Contarini, una fuente situada en el centro de la plaza. Aprovechando el poco ajetreo de gente, Alma se acerca y la admira, incluso se toma una selfi. No es muy grande, forma un octágono y está rodeada por figuras de leones, esfinges y serpientes. Al revisar la foto que se acaba de tomar, se da cuenta de que una torre muy alta sobresale detrás de la plaza. Saca el mapa que el recepcionista le había dado a su llegada: es uno de los lugares de interés rodeados con bolígrafo, la torre Campanone; las ganas de dejarlo todo e irse a visitar monumentos vuelve a sobrevolar su cabeza.

Las vistas desde el funicular que pasa por la zona amurallada de camino a la parte baja de la ciudad son espectaculares. Alma ya se ha enamorado del lugar y apenas lleva unas horas. Desde lejos, acierta a ver una gran nave con un rotulo gigante: «Conti Logistics». Un escalofrío recorre su cuerpo, es la empresa con la que tanto esfuerzo fundó su padre y el lugar donde ahora mismo estará su hermano.

Al final del trayecto, saca su teléfono y escribe la calle y el numero al que debe ir; según el GPS, solo son siete minutos caminando. Cuando este le indica que ha llegado a su destino, se encuentra con un barrio muy humilde: las calles, algo descuidadas, nada que ver con la zona de la que venía; las casas son bajas, ninguna tiene la fachada arreglada; la del número seis, de un color azul claro, con la pintura descascarada; las ventanas de la parte de arriba están oxidadas, y uno de los cristales, roto. No hay timbre, Alma da dos golpes tímidos sobre la puerta; no parece haber nadie.

—*Ciao, chi stai cercando?* —La ventana de la casa de al lado se abre y una mujer de aspecto descuidado pregunta tímidamente.

—*Ciao. Per favore, qui vive Giulia Ricci?* —Alma se siente algo ridícula intentando hablar un idioma que no sabe, pero que lleva en la sangre y podría haber aprendido perfectamente de su padre; el nombre leído no le sonaba tanto como cuando lo pronuncia en voz alta.

—*La signora Ricci è morta un anno fa.* —Sin dar lugar a más conversación, la señora cierra la ventana y se mete en su casa. Si no ha entendido mal, que puede ser, la mujer murió hace un año. ¿Y ahora qué? Su padre no ha dejado más información; él y sus pocas palabras, siempre hacía lo mismo. Esa mujer debía ser quien le daría las pautas para encontrar a la persona por la que ha viajado hasta Italia.

Decide subir de nuevo a la parte alta y almorzar en uno de los restaurante de la plaza donde está situado el hotel, degustar un plato de pasta típico de allí, tomar una botella de vino de la zona y disfrutar paseando del encanto de las calles del casco antiguo. Entre ellas, no deja de pensar en su vida, en lo que ha cambiado todo, en que pocos metros la separan de su hermano y ni siquiera le apetece verle, con lo que ellos habían sido, incluso en que esos paisajes serían mucho más bonitos si el paseo fuera de la mano de David. Alma no sabe si es el vino, la distancia o que esconder los sentimientos no es fácil y, al final, acaban floreciendo; lo único que tiene claro es que le echa de menos.

10

—Pasen conmigo, miren: el salón es muy amplio y tiene muchas posibilidades. —Es la cuarta vez hoy y ha perdido la cuenta esta semana de las veces que el vendedor dice esta misma frase. Lleva días enseñando el que fue hogar de la familia Conti a distintas personas, exactamente cuatro, los mismos que hace que el avión de Alma despegó. Estar en esa casa no es agradable para un hombre que en pocos días sintió tantas cosas por la dueña de ese lugar y que en pocas horas se ve obligado a olvidarla, aunque sea lo último que quiere hacer.

En todos los cursos de autoayuda te dicen que luches por tus sueños, que vayas a por lo que quieres; en este caso es distinto, el sueño es una persona que no quiere soñar con él y, así, es difícil. «Lo mejor será olvidarla, aunque cueste», piensa David mientras come en un restaurante de comida casera que hay cerca de la casa que ha enseñado unas cuantas veces durante la mañana y que en la tarde debe volver a enseñar otras tantas.

Suena una notificación de mensaje en el teléfono mientras termina el postre, tarda un poco en sacarlo del bolsillo y mirarlo; maldice que ni en la hora de comer pueda desconectar del trabajo.

«ALMA CONTI. Hola, ¿cómo estás?».

Jamás un mensaje tan corto y sin nada de contenido le había producido tanta taquicardia. Tarda medio segundo en responder que todo va bien y preguntar por su viaje. Le responde que no va del todo bien y pide permiso para llamarle; David acepta al instante.

La llamada dura algo más de quince minutos. Alma le cuenta cómo han ido esos cuatro días: aunque el lugar es bonito y la encanta, está triste, lo ha intentado todo y no ha encontrado a nadie que le dé una pista sobre la persona que busca; va a tener que volver a España en breve. Él nunca supo el motivo de su viaje, se está enterando durante la llamada; decide no preguntar nada y tratar de consolarla, darle ánimo. Su voz está tan apagada y la nota tan abatida que se siente frustrado. La conversación termina con un te echo de menos de Italia a España. David paga la comida, da un salto de la silla y solo se le ocurre hacer una llamada y es a Leila, su jefa.

—Sí, dime, David.

—Hola, jefa. No sé si recuerdas que la empresa me debe una semana de vacaciones.

—Sí, claro, pero ya lo hemos hablado, será cuando podamos dártela.

—De eso nada, empiezo mis vacaciones ahora mismo.

—Pero, Da… —Sin dejarla terminar, cuelga y sale corriendo hacia su coche.

Son las nueve de la noche. David aterriza en el aeropuerto de Milán, no salían vuelos directos a Bérgamo a esa hora. Al llegar, coge un taxi, le esperan unos cuarenta minutos para volver a mirar a Alma a los ojos y decirle que él también la echaba de menos. Por el camino, le sobrepasa la ansiedad; ojalá poder decir al taxista, un hombre serio, con cara de pocos amigos, que le deje conducir a él para pisar el acelerador al máximo y llegar cuanto antes.

Cuando cruzan un cartel que se ve a duras penas por la ventanilla debido a la densa lluvia en el que indica que quedan cinco kilómetros para llegar, saca su teléfono y llama a Alma para preguntar por la dirección de su hotel. Una voz de hombre se escucha al otro lado, exclama algunas palabras en otro idioma y cuelga. Vuelve a intentarlo otras dos veces sin éxito, esta vez está apagado. Entran en la ciudad y el taxista le dice algo en italiano; David le intenta explicar la situación, pero ese hombre no atiende a razones y comienza a gritar señalando el taxímetro, le paga, se apea y coge su maleta del maletero. El taxi da un acelerón y se marcha. Llueve mucho e intenta resguardarse en unos soportales mientras sigue llamando sin que dé señal.

Tantas cosas empiezan a pasar por su cabeza; entre ellas, que haya decidido marcharse y se hayan cruzado en el aire. Lo normal es que se haya quedado sin batería y no lo haya cargado todavía; cuando lo encienda, verá sus llamadas y se las devolverá, eso le tranquiliza un poco, con lo que decide abrir Google y buscar un lugar donde pasar la noche. Localiza un hotel que se encuentra a unos pocos minutos y decide emprender camino hacia él. De camino, intenta apartarse de los charcos para que los coches que pasan por su lado no le llenen de agua. Un autobús viene a lo lejos, se aparta; en el interior, Alma y un chico van riéndose. David no reacciona y se queda pensando si en realidad era ella o es el cansancio y las ganas de encontrarla los que le han jugado una mala pasada.

11

Alma está desesperada hablando con Fabio en la recepción del hotel. Es lo que la faltaba: ha perdido su teléfono o se lo han robado, está incomunicada. El chico la invita a sentarse en la cafetería, ya cerrada, y le prepara él mismo un té. Ya ha terminado su turno de trabajo; sin embargo, la pena le invade e intenta hacer más llevadero el problema de la mujer.

—Aquí tienes; ten cuidado, quema un poco.

—Muchas gracias, eres muy amable. ¿Quieres tomarte uno y acompañarme?

—Vale, hasta dentro de tres cuartos de hora no pasa mi autobús. Me tomo algo contigo; así, me aseguro de que estás mejor. —Fabio sonríe mientras se sirve un refresco en un vaso con hielo.

—¿Vives muy lejos? Llueve mucho —pregunta Alma interesándose por el chico.

—No, no mucho, en la zona baja de la ciudad. A veces, voy caminando; quizá hoy no sea el mejor día.

—Me encanta este lugar hasta cuando llueve, me vendría a vivir aquí mañana mismo. Por cierto, ¿cómo es que hablas tan bien el español? —El ambiente ya es distendido y Fabio sonríe de nuevo—. Quizá te incomode tanta pregunta, disculpa.

—No, para nada. No es algo que suela contar a menudo, pero a ti, sí; me apetece, me inspiras confianza. Espero no aburrirte. —Los dos sonríen y Fabio comienza a contar su historia—: Verás, mi madre estuvo trabajando durante algunos años en España y quedó embarazada de un hombre que vivía allí; más bien le fue infiel a su mujer con la chica que cuidaba su casa y a sus hijos. Ahí nací yo. Para que no se enterara su esposa, «despidió» a mi madre y nos trajo aquí. Yo tenía buena relación con él, pero hace algunos años tuvimos una discusión y nos dejamos de hablar. No sé qué será de su vida. Mi madre hace un año que también falleció y me he quedado solo. A veces pienso en buscarle y hacer las paces, pero me da miedo su reacción o ponerle en problemas con su familia. —En ese momento, los dos ya tienen lágrimas en los ojos.

—No sabes cómo te entiendo. A mí, en seis meses, se me han muerto mis padres y también me he quedado sola; mi hermano vive aquí, pero casi no nos hablamos.

Fabio abre su mochila, saca una cartera y, de ella, una foto doblada en cuatro partes; con sumo cuidado, la desdobla y se la enseña a Alma.

—Mira: mi madre, mi padre y yo.

En la foto aparece una mujer de rostro muy conocido, Fabio, de niño, y su padre, Adolfo Conti. Tarda unos segundos en reaccionar, no da crédito a lo que están viendo sus ojos. Él no entiende por qué la mano que sujeta la foto comienza a temblar y, acto seguido, el resto de su cuerpo.

—¿Tu-tu madre era Giulia Ricci? —Alma tartamudea y Fabio la mira con extrañeza.

—¿Cómo sabes el nombre de mi madre?

Ella abre su bolso y saca la cajita, se la entrega. Este la abre con cuidado y cara de no entender absolutamente nada; coge la medalla de oro y diamantes que hay en su interior, la levanta, la mira y la cierra en su mano rompiendo a llorar como un niño. Lo que acaba de recibir tiene un valor económico altísimo; sin embargo, la emoción que le embarga es debido a la carga emocional y el valor sentimental de la medalla.

Los dos se abrazan bajo la luz tenue de la única lamparita que está encendida en toda la cafetería. Cuando pueden articular palabra, Alma le cuenta que su padre, al morir, le dejó una carta en la que decía que le quería y le devolvía la medalla que le regaló de pequeño y que en una discusión, ya de mayor, este le devolvió; él la guardó siempre con mucho cariño y quería devolvérsela como última voluntad al fallecer, por eso estaba ella allí.

La emoción de Fabio es inmensa; su tristeza, también: acaba de enterarse de que su padre ha muerto y no se ha podido despedir de él por testarudez de los dos. Le consuela saber el acto de amor que dejó escrito en su testamento, una demostración de que le quería. Alma está tan emocionada que no piensa o no quiere pensar en este momento en la doble vida que su padre llevó y que, en caso de hacerlo, le llena de rabia.

—Gracias de verdad por venir hasta aquí para buscarme, estoy en deuda contigo. Te invito a mi casa, guardo algunas fotos de nuestro padre y recuerdos de mi madre que creo que te gustará ver. En cinco minutos pasa el autobús.

Se sienten extraños, vivos; después de todo, se han encontrado. El trayecto es corto, enseguida llegan a la casa azul que Alma había visitado. Fabio abre una botella de vino y saca una caja bastante grande y algo deteriorada; hay algunas fotografías que ella no quiere ver, le duele observar a su padre con otra familia que no es la suya, es como si no pudiera ser real. Acostumbrada a ver a su padre en imágenes con ellos y su madre, a verle en la misma pose con otra mujer y otro hijo como una especie de actor que va haciendo distintos papeles en diferentes películas. De entre todas las fotos y papeles, cae al suelo una entrada, ya desgastada por el tiempo, en la que se puede leer «Leolandia»; Alma la recoge y mira de cerca, Fabio le explica que guarda con mucho cariño ese trozo de papel: es de la primera vez que su padre los llevó a él y su madre a un parque de atracciones cerca de Milán. Ella lo acerca para poder ver mejor: 28 de agosto de 1995. El mundo se la cae encima; una de las pocas fechas que recordaba con su padre, y no por su presencia, era una farsa, pagó a un mago con la excusa de su trabajo mientras él estaba en un parque de atracciones con su otra familia. La rabia se apodera de Alma, pero no quiere decir nada, el chico guarda ese día con mucho cariño; aunque le conoce de poco, se alegra por él, es de esas personas que transmiten ternura y denotan un pasado más bien duro.

Fabio se levanta y, de un cajón, saca una carpeta. En ella hay un montón de dibujos; en todos, la firma de una niña.

—Mira: si no me equivoco, estos dibujos son tuyos, se los hacías a mi madre y ella los guardaba con mucho cariño.

En ese momento, Alma cae en la cuenta de que, debajo de cada dibujo, hay una dedicatoria: «Para Yulia». Ahora se acuerda; como no sabía decir bien su nombre, lo escribía y pronunciaba así. En todos los folios aparece dibujada Giulia; siempre junto a ella, un hombre, debajo pone «papá».

12

«Buenos días, dormilona. Me voy a trabajar. He dejado café preparado y un folio con la dirección de un par de tiendas donde puedes comprar otro teléfono. Si necesitas algo, ya sabes dónde encontrarme».

Alma despierta en el sofá. Intenta recordar dónde está, se estira. En la mesa, todas las fotos de la noche anterior y una botella de vino vacía; ese es el porqué del dolor de cabeza con el que ha amanecido. Fabio le deja una nota antes de salir hacia el trabajo. Es un amor de chico, de esas personas que da gusto encontrar en la vida, y, aunque hace pocas horas que se conocen, todo fluye. «El hermano que siempre quise tener», piensa ella mirando algunas instantáneas que hay repartidas por la mesa, en las que aparece su padre y de las que rápidamente aparta la mirada con una mezcla de rabia y dolor.

Toma una taza de café y sale hacia la dirección escrita en el papel, necesita comprar un teléfono con urgencia; aunque, a decir verdad, tampoco lo ha echado de menos, se vive mejor desconectada el mundo.

La tienda está muy cerquita de la casa de Fabio, pasará por allí y después se irá a dar una ducha al hotel. Quiere apurar sus últimas horas en Italia y volver a España al día siguiente, ya ha cumplido con la misión que su padre la encomendó. La verdad es que se quedaría en aquel lugar toda la vida.

David lleva despierto desde las cinco de la madrugada, apenas ha pegado ojo. Llama y mensajea a Alma a cada rato, pero, nada, lo tiene apagado.

Sobre las nueve de la mañana, se da una ducha, toma el desayuno rápidamente en el bufet del hotel —un café con leche, zumo de naranja natural y una tostada con mermelada—. Tiene el estómago cerrado, pero sabe que la mañana será dura y debe tener energía. Sale a la calle con la convicción de encontrar a la mujer por la que ha ido hasta allí.

Ha estado desde que despertó estudiando el mapa de la ciudad y la forma de moverse por ella.

Toma el funicular que lleva a la parte baja de la ciudad, ya que es la última pista que tiene de Alma, la dirección a la que iba la noche anterior.

Las vistas dejan a David alucinado, no puede dejar de admirar el lugar. El funicular que va de vuelta se cruza en la otra vía, es rápido, pero David ve a Alma; golpea la ventana y grita su nombre, ella no le ve, va mirando el móvil. Un hombre grita algo en italiano de malas formas, David pide disculpas con su mano alzada. No lo puede creer, ¿cómo puede ser que vaya mirando su teléfono, pero a él no le conteste? Seguramente haya cambiado de idea y ahora no quiera hablar con él; «Ha conocido a alguien, quizá el chico del autobús», piensa David desesperado volviendo a llamar de nuevo a un teléfono que no da señal.

Alma entra sonriente al vestíbulo del hotel y da los buenos días a Fabio, los dos se funden en un abrazo.

—¿Has descansado?

—¡Sí! Tu sofá es de los mejores en los que he dormido.

—Eso es que no has dormido en muchos, es muy incómodo.

—Los dos rompen a reír.

—Voy a darme una ducha y aprovechar mi último día aquí.

—¿Ya te marchas? —Fabio baja la mirada y sus ojos se vuelven cristalinos.

—No te pongas así, me vas a hacer llorar, me quedaría a vivir aquí para siempre.

—¿Y por qué no? Yo estoy intentando vender mi casa e irme a un apartamento más pequeño; ya viste el estado en el que la tengo, no puedo mantenerla.

—No me provoques. —Los dos rompen a reír de nuevo y se abrazan de una forma fraternal y con tal fuerza como si quisieran recuperar el tiempo en el que ninguno de los dos sabía de la existencia del otro.

Al salir de la ducha, Alma envía por redes sociales un mensaje a su amiga Cristina. Hasta que no vuelva a España, no puede pedir un duplicado de su tarjeta, con lo que no puede comunicarse por otro medio; es el problema de tener todos los números en la agenda del móvil. Su amiga le responde casi al instante, le dice que ya tiene el dinero de algunos de los objetos de la casa de sus padres que se quedó encargada de vender y que, cuando vuelva, le dará el dinero. Se emplazan a un café a la vuelta para ponerse al día de todo lo acontecido e ir al banco a ingresar el dinero de todo lo que su amiga haya vendido.

El día amanece muy claro, el cielo está abierto. Alma se pone sus auriculares y comienza a caminar rumbo a uno de los lugares que la quedan por visitar, el Castello di San Vigilio. El camino es algo largo. Se puede subir en funicular; sin embargo, prefiere disfrutar del paseo y de la música en sus oídos. Las vistas al llegar son preciosas, Alma no sale de su asombro, comienza a tomar fotos para que jamás se le olvide lo que sus ojos están admirando. No hay nadie, está sola; se respira tranquilidad y aire fresco. Se sienta sobre el borde de piedra en una de las torres, su piernas cuelgan en el vacío. Lo que se ve desde ahí es impresionante: Bérgamo a sus pies. Desactiva los auriculares y deja que la música que escucha salga por los altavoces del nuevo teléfono a un volumen bajo, lo justo para escucharlo ella. Comienzan a sonar los primeros acordes de *¿Cómo pagarte?* de su cantante favorito, Carlos Rivera. Se crea un ambiente mágico, de esos momentos que gusta guardar en un tarro y abrirlo de vez en cuando para detener el mundo unos instantes. Alma no quiere pensar, es imposible. A su cabeza vienen las palabras de su hermanastro: la idea de quedarse a vivir allí, lejos de todo, deja de ser algo remoto para convertirse en una posibilidad real. A su cabeza viene también David; desde que le dijo que le echaba de menos y perdió el móvil, no sabía nada de él, no puede comunicarse de ninguna otra forma, ni siquiera sabe sus apellidos para buscarlo en alguna red social. Quizá ha pecado de egoísmo, había llegado en un momento tan malo que solo pensaba en ella y sus problemas; también, esa preocupación sin pedir nada a cambio le hacía especial. Su presencia ahí en ese momento es lo único que le falta para mejorar ese momento casi inmejorable.

Un hombre agotado y desesperado vaga por las calles de Bérgamo en busca de una mujer a la que se muere por abrazar. Se ha cruzado con ella dos veces, parecía que el destino estaba jugando al despiste y no quería que se encontraran. David es muy supersticioso, llega a pensar que quizá no tenía que haber ido; sin embargo, se aferra al no hay dos sin tres. Está subiendo por una calle bastante empinada, se detiene para tomar aire, pone los brazos en jarras y respira hondo alzando la mirada hacia arriba y contemplando todo lo que le queda por subir. «La belleza de este paisaje parece una postal», piensa. Al fondo, un castillo; en una de las torres, la silueta de una mujer sentada llama su atención. Seguro que es ella, la distinguiría por más difícil que fuera. Puede ser el cansancio el que le esté jugando una mala pasada; sin embargo, en ese momento desaparece cualquier signo de agotamiento y corre sin descanso hacia arriba. Se cruza en su camino con una mujer de avanzada edad con un pañuelo en la cabeza que porta una cesta en cada mano: en la derecha, plantas de pequeño tamaño; en la izquierda, preciosos ramos de flores de tamaño medio. David saca la cartera y le ofrece un billete de cincuenta euros; sin mediar palabra, apunta a uno de los ramos y le ofrece el billete. La señora se lo da y coge el dinero con una sonrisa tierna a la vez que cansada; él también le sonríe mientras sigue raudo cuesta arriba casi sin aliento.

Al llegar a lo alto, un parque con un bonito verde le da la bienvenida. Mientras intenta recuperar el aliento, observa que hay varios caminos que tomar; no puede elegir mal o ella se podría volver a marchar. Un hombre de avanzada edad con aspecto algo desaliñado y sentado en un banco acaricia a su perro; levanta la cabeza, sonríe y apunta con su dedo a uno de los caminos, David le da las gracias en un discutible italiano y, con una gran sonrisa, toma el sendero que le han indicado. Al llegar arriba, allí esta ella sentada, mirando al infinito; de fondo, aquella bella ciudad y los acordes de una preciosa canción romántica que habla de cuidar una sonrisa por siempre. Es el paisaje más bello que ese hombre había visto en su vida.

En ese momento, mientras él piensa cómo llamar su atención sin asustarla, Alma se da la vuelta. Brillan sus hermosos ojos, que crecen sorprendidos, y la sonrisa que David querría cuidar por siempre sale a relucir mientras se levanta y corre hacia él para coger las flores que David le ofrece y darle un abrazo de unos minutos largos de duración. Los dos, en silencio, querrían parar el tiempo en ese instante para siempre. La estampa del mirador con la pareja fundiéndose en un abrazo acrecienta su belleza. Cuando se separan, no pueden dejar de mirarse a los ojos y se besan apasionadamente. Se produce una escena digna de comedia romántica de las que tanto gustan a David y de las que Alma siempre ha huido, como si alguien fuera a gritar «¡Corten!» y todo acabara ahí; pero no, lo que ahí se acababa de producir solo es el principio.

Los dos se sientan al borde del mirador agarrados de la mano.

—Pero ¿qué haces aquí? ¡Estás loco! —acierta a decir Alma con una risa nerviosa a la vez que sus ojos lloran de emoción. Con una mano, acaricia la cara de David, la otra sujeta el ramo que acaba de recibir, el cual desprende un aroma intenso que inunda el momento y lo hace más perfecto si cabe.

—Se me estaba haciendo demasiado larga tu ausencia —acierta a decir David, que está más emocionado de lo que quiere aparentar.

No pueden apartar la mirada el uno del otro en silencio, silencio que Alma rompe dejándose llevar por la emoción del momento.

—David, me quiero quedar a vivir aquí.

13

El último día en Bérgamo fue intenso. Alma pone al día a David de todo lo acontecido: el motivo de su viaje, le presenta a Fabio, la pérdida de su teléfono; los dos se ríen de la investigación que él había tenido que llevar a cabo hasta dar con ella. Pasan el día visitando la ciudad y tomándose juntos todas las fotos que Alma había perdido en su anterior teléfono. Cenan en uno de los restaurantes más románticos del centro de Bérgamo y pasean a la luz de la luna llena. La noche termina piel con piel, los besos y las caricias fluyen con tanto deseo que la cama del hotel se queda pequeña en comparación con la explosión de pasión que se produce entre esas cuatro paredes.

Es madrugada, el silencio reina en el hotel; Alma reposa su cabeza sobre el pecho de David.

—¿Te vienes a vivir aquí conmigo? —la pregunta directa, con la voz susurrante de ella, rompe el silencio.

—Pensé que no hablabas en serio —bromea él.

—Cada hora que paso aquí lo tengo más claro. Mi hermanastro vende su casa. ¿Por qué no?

—¿Y qué hacemos aquí? Ni siquiera sabemos hablar el idioma.

—Lo aprendemos, buscamos trabajo; con lo que me den de la casa de mis padres, compro la de Fabio y la arreglamos a nuestro gusto. Este lugar es tranquilo, bonito y mágico, yo casi lo tengo decidido. Pasaré unos días en España dejando todo cerrado y me volveré. Piénsalo, David; aunque parezca algo loco, no me gustaría tener que elegir, me encantaría estar aquí y ojalá contigo.

—No lo sé, Alma, no lo sé...

El ambiente se enrarece. Ella se da la vuelta y se queda dormida al otro lado de la cama; David, que la noche anterior no ha pegado ojo, vislumbra que esta va a ser parecida.

Cuando Alma baja a desayunar, David está hablando con Fabio de una manera amistosa y algo misteriosa; los dos se quedan en silencio al verla. La conversación de la noche anterior antes de dormir ha pasado factura entre la pareja, hay algo que no es como antes. Los dos se despiden de Fabio; ella, con un gran abrazo, le da la sorpresa: en unas semanas estará de vuelta. Irán hablando de la compra de la casa. El recepcionista se sorprende, pero no tanto como ella esperaba. Cogen un taxi que los lleva al aeropuerto y ponen rumbo a España con un montón de recuerdos bonitos que se han visto algo empañados por la decisión de Alma. Ella quiere disimular como si nada pasara. Los dos saben que hay una conversación pendiente, ella lo tiene claro; él, también.

14

Alma ha quedado con Cristina para ponerse al día de todo lo acontecido en el viaje y recoger el dinero de todas las ventas que esta ha conseguido vendiendo algunos objetos de la casa de los Conti.

La confesión del traslado de país no hace mucha gracia a la amiga; esta sabe del espíritu aventurero de Alma, con lo que, aunque no está muy de acuerdo, sabe que le irá bien vivir otras aventuras fuera de todo lo que se ha formado a su alrededor en el último año. El café no dura mucho, Alma ha quedado con David para comer en un restaurante céntrico; se deben una conversación y es el momento de tenerla, antes de que sea demasiado tarde.

David sale de una céntrica oficina. En una mano, dentro de una carpeta, lleva las escrituras de la casa de Fabio en Bérgamo; en la otra, las llaves de esa misma casa; en el bolsillo de la americana, un folio donde declara todo lo que siente por ella. «No es dónde, es con quién», finaliza la carta; no hay frase que defina más lo que ese hombre siente ahora mismo: con ella, donde sea. David y Fabio lo dejaron todo acordado a espaldas de Alma antes de marchar, lo harían todo a través de un notario en España, de allí se llevó una copia de las llaves que Fabio le cedió para poder darle la sorpresa.

Llega un poco tarde, pero está deseando contarle la noticia, ver su cara de asombro y esa sonrisa que le vuelve loco. El paso es ligero. La calle principal por la que debe pasar está cortada por un cordón policial, algo ha pasado en la sucursal bancaria; cada día está peor la zona del centro. El restaurante donde han quedado está al otro lado de la calle. David pregunta al policía que prohíbe el paso, este le dice que tiene que dar la vuelta a la calle e ir por otro lado; eso le atrasa diez minutos más. Al llegar, le acompañan a su mesa; Alma todavía no ha llegado. «Menos mal», piensa él; después de todo el recorrido, no va a quedar mal por llegar tarde.

Ya lleva dos copas de vino, han pasado treinta minutos de la hora en la que la pareja ha quedado. Se teme lo peor: «Seguro que está tan decepcionada por no haberle dado un sí por respuesta en el momento en que me pidió irnos a vivir juntos a Italia que ahora no quiere ni verme; aunque la invitación sí la aceptó, me hubiera dicho que no venía, de ser así», piensa David mientras los camareros cuchichean del plantón que ese hombre acaba de sufrir. Decide llamarla por teléfono para saber la razón de su ausencia, no es ella la que contesta.

15

David corre por los pasillos del hospital. Tiene la vista borrosa debido a las lágrimas que no dejan de brotar de sus ojos y eso hace que vaya chocando con las personas que a su paso se va encontrando. Está muy nervioso, no puede creer lo que le han dicho por teléfono. «Seguro que se trata de un error», piensa mientras no deja de correr. El lugar es inmenso; pregunta en todas las ventanillas, nadie le ayuda. Alguien vestido de blanco le recomienda que pruebe en la segunda planta. Al salir del ascensor, cuatro policías rodean uno de los mostradores. David grita el nombre de Alma Conti entre lágrimas; dos policías le cogen del brazo y le sientan en la sala de espera, le explican que ha habido un atraco en el banco en el que Alma se encontraba, han abierto fuego con tan mala suerte que una bala ha impactado en ella y está muy grave. Él se queda conmocionado, no sabe reaccionar; quiere verla, pero no le dejan, la están operando y solo puede esperar. Uno de los policías le trae agua y una mujer con bata blanca llega para hablar con él; la oye, pero no la escucha. A su alrededor, solo existe una sucesión de imágenes borrosas, gente que va y viene, un ligero zumbido es lo único que entra por sus oídos. Deciden llevarle y tranquilizarle químicamente. Un taxi le lleva a su casa, es lo último que recuerda cuando, al día siguiente, despierta y, como si se acabara de despertar de un sueño, abre los portales digitales de noticias, en los que confirman el tiroteo.

«Alma Conti, la hija del famoso empresario Adolfo Conti, herida en el atraco a la sucursal bancaria de la calle Espino».

A David le da vueltas la cabeza: desde un principio, le sonaba el apellido de aquella mujer, había estado vendiendo la casa del famoso Adolfo Conti sin saberlo. Se da una ducha, se viste y vuelve al hospital. Esta vez intenta mantener la calma; sin embargo, según se acerca al edificio, sus piernas comienza a temblar. No recuerda muy bien dónde había estado el día anterior, se deja llevar por su intuición. Una mujer cuyo rostro le es conocido llama su atención; le pregunta si está bien y responde que sí. Quiere ver a Alma, le piden que se siente en la sala de espera. Solo han pasado cinco minutos cuando aparece por una puerta un señor de mediana edad con barba blanca y vestido de verde y pregunta por los familiares de Alma Conti; David se levanta y va hacia él.

—Hola, soy el doctor Casas —saluda con un apretón de manos.

—Hola, ¿cómo está Alma, doctor? —La pregunta es rápida y concisa mientras aprieta su mano; ni siquiera sabe si quiere escuchar la respuesta en caso de que sea negativa.

—La operación ha sido muy larga. Está estable, pero las siguientes veinticuatro o cuarenta y ocho horas son cruciales para su evolución. Solo podemos esperar.

Una enfermera entrega una bolsa a David con los efectos personales de la chica: algunas joyas, su bolso y el teléfono móvil. Le dejan verla a través de una ventana, está llena de cables y tubos, la escena le rompe por dentro. Coloca su mano en el cristal y, entre lágrimas, le pide en voz baja que no se rinda, él va a estar a su lado.

Al salir, desolado, conoce a Cristina. Se ha enterado por las noticias y está en el mostrador preguntando por su amiga. David se presenta y los dos se funden en un sentido abrazo, van a la cafetería del hospital y ella le cuenta los planes que Alma le había contado.

—Estaba segura de que te irías con ella, estaba tan enamorada de ti…

—Y yo de ella. Compré la casa de su hermanastro para irnos a comenzar una nueva vida juntos.

—Se va a cumplir, ya lo verás.

—Ojalá —acierta a decir David sin poder levantar la mirada de su café.

Cristina se despide después de intercambiarse los teléfonos para estar en contacto. Él se queda allí, no quiere salir; es imposible estar al lado de Alma, pero solo la idea de estar en el mismo edificio ya calma un uno por ciento todo el dolor que siente en ese momento. El día lo pasa entre paseos por el hospital y la cafetería hasta la hora de poder entrar a verla de nuevo.

Cae la noche. El sonido de una llamada en el móvil de Alma asusta en el momento a un hombre abatido e inmerso en sus pensamientos.

David duda si contestar o no; decide no hacerlo. Una notificación llega al instante, la persona que ha llamado acaba de dejar un mensaje de voz. Se queda mirando fijamente la pantalla. No quiere cruzar esa línea donde comienza la intimidad de Alma, pero quizá sea algo importante y, después de unos minutos dando vueltas a la situación, decide escucharlo: «Peque, ¿de verdad has estado en Italia y no me has llamado? No lo puedo creer, sabes que te quiero y…».

Se hace el silencio, el teléfono de Alma se apaga. David intenta encenderlo, se vuelve a apagar al instante; se ha quedado sin batería y, aunque lo cargue, no conoce el número pin. Lo suelta encima de la mesa y se recuesta en la silla de una cafetería ya vacía y con el único sonido del choque de la vajilla que están colocando en el armario los camareros. En su cabeza retumban las palabras de un hombre con acento italiano diciendo a la mujer que él ama que la quiere. No entiende qué está pasando, ¿cómo puede ser que le haya pedido irse a vivir a otro país donde ya tiene a otro hombre que la quiere? Muchas preguntas sobrevuelan el pensamiento de David. ¿Habría estado con él en los días que estuvo allí? ¿Querría irse a vivir allí por él? Y, si es así, ¿por qué quería que David se fuera con ella? Su cabeza es una olla a punto de explotar. Decide levantarse e ir a casa a descansar o, por lo menos, tumbarse. Han pasado tantas cosas en un día y es tanta la preocupación por Alma que conciliar el sueño será más que difícil.

La noche es larga. Recostado sobre la cama, bocarriba, repasa una y otra vez todas las imágenes del día que su cabeza guarda. Piensa en el momento en que pasó por la sucursal; intenta hacer memoria, recuerda ver a los sanitarios intentando reanimar a varias personas entre mucho revuelo. Piensa incluso en que, si hubiera pasado antes por allí, quizá hubiera podido salvarla; pero no, por mucho que intenta buscar explicación, sabe que las cosas pasan porque tienen que pasar, y él, un creyente tan acérrimo de que el destino está escrito, sabe que pasó porque así tenía que pasar. Entre tanto, no deja de oír la voz de ese hombre en su cabeza; eso le hace sentirse de mal humor, traicionado, engañado. Intenta buscar mil explicaciones y ninguna de las respuestas que le vienen a la mente le satisface. Sea como fuere, ahora no la puede dejar sola. Cuando se recupere, que lo hará, dará las explicaciones pertinentes.

16

Suena el teléfono de David; sobresaltado, mira el reloj: son las ocho y cuarto de la mañana. Es Fabio.

—Hola, David, ¿cómo estás? Ya tengo los papeles que me pediste para la venta de la casa.

—¿Qué tal, Fabio? —responde con voz ronca David pensando rápidamente si contarle lo que ha pasado—. Vale, genial. Tenemos que posponer unos días la compra por un problemilla, yo te aviso.

—Espero que no os hayáis arrepentido. ¿Ya le has dado la noticia a Alma? Por cierto, no consigo contactar con ella, dile que encienda el móvil.

—No, todavía no se lo he dicho. Te da como apagado porque lo ha perdido de nuevo. Mejor que no hables con ella; así, no se te escapa la noticia. —David, con la voz quebrada e intentando no llorar, prefiere ocultar de momento lo que ha pasado e intentar ponerle un toque de humor que no sabe ni de dónde sacar.

—Tienes razón, soy un poco torpe, seguro que se me escapa —bromea entre risas Fabio—. Aun así, quiero hablar con ella, la echo mucho de menos.

David se siente un ser despreciable y está a punto de contarle todo; sin embargo, algo dentro de él piensa que lo mejor es no hacerlo, está haciendo lo correcto, y así se despiden.

La ducha no le hace sentirse menos culpable. Hoy debe incorporarse de nuevo al trabajo. La bienvenida en su oficina es fría, como siempre, con la diferencia de que él no está por la labor de acercar posturas quitándole hierro al mal ambiente laboral con su humor. Leila le comenta la noticia del atraco en el que está inmerso su clienta y David se hace el sorprendido; la frialdad con la que habla su jefa del asunto solo llevándolo al terreno económico hace que él tenga que contenerse en varias ocasiones para no saltar y decirle algunas cosas desde el enfado que esa situación le produce. Prefiere levantarse de su mesa, llamar al notario, el señor Antón, y visitarle en su oficina. El hombre se siente muy afectado por el asunto, quiere a Alma como una hija y todas las tragedias que están asolando a la familia Conti en el último año le están pasando factura anímicamente; sin embargo, deben seguir adelante con la venta de la casa como buenos profesionales y así lo hacen.

Han pasado dos semanas y, cada día, David hace la misma rutina: por la mañana, trabaja intentado dejar la agenda de la tarde vacía, come algo por ahí y se va al hospital; solo le dejan verla un corto espacio de tiempo. Después, se queda por allí, se siente cerca y, con eso, le es suficiente.

La evolución de Alma es favorable pero muy lenta, se encuentra estable dentro de la gravedad. Desde el hospital, se está haciendo todo lo posible por salvar su vida, así se lo transmiten a él. No hay un día que no pregunte al personal médico o a las enfermeras, pero la respuesta es siempre la misma; la esperanza de David de que algún día sea favorablemente distinta, también.

Cristina va algunos días, son las dos únicas personas que quieren incondicionalmente a Alma y por eso no la dejan sola; solo piensan en, algún día, poder contarle todo lo que están pasando como una dura anécdota de la vida, dejando atrás lo malo y volviendo a sonreír con ella al lado. Los dos están seguros de que eso ocurrirá. Deberán tener paciencia, eso sí; cuando ella abra los ojos, allí estarán.

17

Hay movimiento en la casa de Los Prados: dos furgonetas aparcadas en la puerta, varios mozos cargando algunos muebles, instaladores de telefonía colocando cables para la conexión a internet. La casa cobra vida de nuevo. El jardín está algo abandonado, han pasado semanas desde que el jardinero dejó de ir por allí; el agua azul de la pequeña piscina se ha tornado en verde. Seguro que los nuevos inquilinos se ocuparán de poner todo a punto y del mantenimiento de la casa. David se da una vuelta para que todo esté en orden y no haya ningún problema; lleva una mañana ajetreada, pero quiere supervisar personalmente que todo esté perfecto en esa casa. Hay mucha gente trabajando allí. Dos operarios sacan un cuadro de dimensiones bastante grandes, hacen unos agujeros y lo colocan encima de la chimenea; es precioso, David no puede contener las lágrimas, tiene los sentimientos a flor de piel y ver algo de tal belleza hace que tenga que salir de la casa para tomar el aire.

Mientras se fuma un cigarrillo en el jardín antes de ir a enseñar un piso a unos clientes en el centro, le suena el móvil: es un número muy largo de una centralita.

—Hola, le llamamos del hospital. —A David se le encoge el alma y se le para la respiración—. Su familiar, Alma Conti, ha experimentado una importante mejoría en su estado y será subida a planta; su habitación es la 514. Allí, el horario de visitas es más amplio.

David le da las gracias y empieza a saltar con los puños en alto en mitad del jardín, los operarios le miran y sonríen, desprende una felicidad contagiosa. Sale raudo a intentar terminar su trabajo del día lo antes posible para ir corriendo al hospital.

Enseña dos pisos y ni para a comer. Compra una cestita de flores no muy grande y pone rumbo al hospital. Entra por el vestíbulo principal y toma el primer ascensor hasta la quinta planta. Ya le han dicho por teléfono el número de habitación; aun así, prefiere asegurarse preguntando en Admisión, donde se lo confirman. Se acerca a la puerta, llama y abre muy poco a poco. El corazón le va a mil, le tiembla el cuerpo. Se acerca al borde de la cama, apoya las flores en la mesa auxiliar. No sabe cómo actuar; coge su mano y la besa con la fragilidad, con el cuidado de quien tiene entre sus manos una obra de arte; acerca su cara, le da otro beso en la mejilla y apoya su nariz sobre ella, ahí rompe a llorar. Por fin, después de tanto tiempo, puede sentirla, su piel, su olor, todo.

Sigue con tubos y cables, aunque ya le han quitado algunos. El contacto directo con ella en la UCI había sido imposible por alguna medidas que habían tomado los doctores para evitar que alguna bacteria o similar de la calle pudiera empeorar su situación.

David está sentado junto a la cama. No sabe qué hacer, qué decir. La observa una y otra vez, no puede quitar la vista de la mujer de sus sueños, parece, incluso, como si estuviera sonriendo así, dormidita. El único sonido que se oye es el pitido del monitor cardiaco; solo lo había oído alguna vez en películas de urgencias y hospitales. Tocan a la puerta, una enfermera entra a revisar que el gotero funcione correctamente; ve a David tan cortado, agarrado a la mano de Alma, que se toma el atrevimiento de acercarse y, con voz cálida, darle el consejo de que le hable, que le cuente cosas, todo lo que él quiera, y, después, sale de la habitación. Para David, la situación es extraña; no sabe por dónde empezar y se siente idiota. Pasa toda la tarde con ella, pero apenas logra decirla algunas palabras, es difícil. Él se siente feliz por poder tocarla y sentirla, seguro que lo demás irá surgiendo.

Los sucesivos días, David sigue pasando sus tardes sin separarse de ella. Maldice su trabajo por no poder estar ahí también por las mañanas y no poderlas pasar también cogido de su mano. Cristina ha pasado también algún rato por allí, poco para lo que le gustaría, ya que ha tenido que reincorporarse a su trabajo tras la baja por maternidad.

Una de las tardes, en la mesa auxiliar al lado de la cama de Alma, David encuentra una flor y se pregunta quién la ha podido dejar. Cree que, quizá, su amiga haya estado en la mañana y se la haya regalado; la tiene entre sus manos, observándola, cuando una de las auxiliares entra a la habitación y, con cierto aire de cotilleo, cuenta a David la procedencia de la flor.

—Se la ha traído un hombre esta mañana, hablaba con acento italiano; era muy guapo, pero nada agradable, la verdad. —Aquella mujer le estaba dando una información que no quería saber o quizá sí, aunque por dentro le creara un malestar que no sabía bien definir. «¿Será el mismo hombre del mensaje de voz? ¿Qué hace aquí?, ¿qué quiere?».

David coge la mano de Alma e intenta pedirle una explicación, sabe que no obtendrá contestación. Tendrá que ser él mismo quien descubra de quién se trata.

18

—Pasen por aquí, les voy a enseñar los acabados del baño. —
David no se concentra en su trabajo, solo quiere terminar y salir
hacia el hospital para pillar infraganti al italiano.

Está enseñando una casa de grandes dimensiones a un matrimonio con más dinero del que él verá jamás y eso lo com-
plica todo; cuando consigue zafarse de ellos, pone rumbo a la
clínica. Llega sofocado a la habitación, da un beso en la frente
a Alma y comprueba que no hay nadie más. Pregunta en Admisión, «Esta mañana no ha habido visitas en esa habitación»,
le responden. Le encantaría quedarse el resto de la mañana,
pero tiene trabajo. Últimamente, su vida se ha convertido en
una carrera de fondo. Mientras baja en el ascensor, suena su
teléfono: es uno de los operarios que trabaja en la casa de Los
Prados; un hombre, de muy malas formas, quiere entrar a ver
la casa, se lo han prohibido y se ha puesto a gritar e insultar a
los trabajadores. David saca el coche del aparcamiento y se va
corriendo a la urbanización de lujo a solucionar el problema.
Cuando llega, las aguas están más calmadas, el hombre se ha
marchado y la gente sigue trabajando; el jefe le cuenta a David
que ha usado muy malas formas para dirigirse a ellos por no
dejarle pasar.

—Ha entrado por la puerta como si fuera el dueño; cuando
le hemos parado, se ha puesto a gritar insultos en italiano y casi
nos pega.

—¿En italiano? —David pone los ojos en blanco, no puede creer lo que está pasando, Italia le persigue en forma de un hombre enigmático que, casi seguro, será el mismo del hospital.

—Sí, en un perfecto italiano; al final, ha cedido y se marchado en su coche pegando un acelerón muy brusco.

—Nadie tiene autorización para entrar aquí, gracias por haberle parado los pies.

David sale sudando de la excasa de los Conti, tiene que encontrar a ese hombre, saber quién es y qué hace aquí metiéndose en todos sus asuntos.

Como cada día, come algo rápido, esta vez en un restaurante de menús cerca del hospital, y, de nuevo, pone rumbo a pasar una tarde más con Alma. En el ascensor suben varias personas, va parando en el primero, el segundo y, así, en cada una de las plantas; no hay cosa que más nervioso ponga a David, las ganas de llegar a la habitación cada día son tantas que esas paradas se hacen eternas. Un hombre se baja a la vez que él, va trajeado, lleva el pelo engominado y va dejando un aroma a perfume caro por todo el pasillo. David va unos pasos por detrás de él. La sorpresa es mayúscula cuando entra a la habitación de Alma; no cierra del todo la puerta, David aprovecha la rendija para meter un poco la cara, el hombre se queda observando a la chica a los pies de la cama. Es el momento en el que David, con la prudencia que le caracteriza, entra con sigilo. Los dos hombres se miran.

—Hola, soy David. —La voz le tiembla un poco. Extiende su brazo preparado para un apretón de manos, está expectante ante el saludo de alguien que no conoce.

—Ciao, soy Miguel, Miguel Conti. —Le devuelve el saludo apretando fuerte su mano.

David resopla y se le escapa una media sonrisa mezcla de nerviosismo y alivio.

Miguel le explica que se enteró por las noticias de lo acontecido y voló para poder verla. Comenta que ha intentado ir a ver la casa de sus padres, pero no le han dejado y al día siguiente debe volver a Italia para seguir atendiendo sus negocios. Se intercambian los teléfonos.

—Ha sido un placer conocerte, David. Cuida de ella, por favor. Te iré llamando para saber su estado y volveré lo más pronto que pueda.

—No lo dudes, llama cuando quieras. —Se dan un abrazo delante de la cama de Alma. «No parece tan mal hombre como lo pintan», piensa David mientras Miguel da un beso a su hermana y se despide de ella.

Después del encuentro, David pide a los operarios que dejen pasar a Miguel a ver por última vez la que fue su casa y la de sus padres durante años.

Ese día es el primero en el que David empieza a hablar a la mujer de la cama. Le cuenta lo estúpido que ha sido al pensar que tenía a alguien en Italia y sigue hablándole de cómo ha ido su día; ya se ha soltado y se siente genial, está seguro de que ella le puede escuchar.

19

Cada día que pasa es una prueba de esfuerzo para David; cada vez tiene más presión en el trabajo, las tardes son solo para Alma y, de reojo, la supervisión de la pequeña reforma en la casa de Los Prados.

Uno de los trabajadores en la casa alerta por teléfono al agente inmobiliario de un nuevo problema. Se dirige al lugar y el jefe le lleva hasta la habitación principal, un agujero en la pared y otro en el suelo han aparecido de la nada.

—Le digo que aquí ayer no había ningún agujero.

—¿Puede ser que lo haya hecho algún animal o algo así? —David intenta buscar una explicación a algo tan extraño.

—Parece obra de alguien, pero no creo que un animal haga agujeros tan perfectos en tan poco tiempo.

Los dos observan detenidamente la situación. David mete su mano y toca el fondo, no encuentra explicación y pide que los tapen sin más.

Por la tarde vuelve al hospital, allí ya todo el mundo le conoce y le tratan con familiaridad. Cuenta a Alma su día, se ríe, gesticula airadamente contándole las trabas que en el trabajo le ponen. Se siente bien y, a la vez, algo egoísta: esos monólogos le sirven de terapia, de desahogo. Reproduce en el móvil su cantante favorito y la canción de los dos, esa que sonaba cuando la encontró en Bérgamo y se besaron por primera vez.

Durante los siguientes días, decide entrar con ella sonando de fondo y escucharla juntos como bienvenida a las horas que pasarán juntos durante la tarde. Cambia las flores de la habitación a menudo y algunos días lee junto a ella capítulos de libros que sabe que la gustarían, incluidos poemarios que David guarda. A él le encanta escribir poesía, dice de sí mismo que es un escritor frustrado; nunca nadie ha leído nada suyo, le puede la vergüenza. Alma le pidió alguna vez que le leyera algo escrito por él; sin embargo, nunca sucedió. Una de las tardes, después de contarle su día, lo que le preocupa y las ganas que tiene de hacer planes de futuro con ella, se arma de valor y saca un papel del bolsillo.

—Alguna vez me has pedido que te muestre algo escrito por mí. Esto lo he escrito para ti, espero que te guste y ojalá algún día te lo pueda leer mirándote a los ojos.

David acomoda su voz para comenzar a recitar, no ha empezado y ya se le quiebra, no quiere llorar; la mano con la que sujeta el papel le tiembla cada vez más.

Hoy, tus ojos cerrados iluminan mi alma,
brillan mostrándome el camino
igual que si estuvieran encendidos.
Aguardo aquí, sentado al borde de tu cama,
esperando a que vuelvas del viaje
que sin querer has emprendido.
Espero que me cuentes con todo detalle
qué lugares has conocido,
además de qué se siente al volar dormido.
Puedo imaginar que será lo mismo que soñar,
igual que hago yo contigo,
soñar que tu sonrisa vuelve a brillar conmigo.
Cuando decidas dar por concluido el trayecto,
aquí estaré agarrando tu mano, en esta estación
llamada vida, espero que no te decepcione,
es que no hay nada que más me ilusione
que, mirándote a los ojos, decirte te quiero,
en mil vidas más te cuidaría, vuela tranquila,
yo aquí te espero.

Algunas lágrimas caen por la mejilla de David mientras se hace el silencio de nuevo en la habitación. Con el pitido del monitor de fondo, se levanta al baño a lavar su cara. Sin duda, la va a esperar y cuidar, aunque sea lo único que haga en la vida. La mano de Alma se mueve, el dedo índice deja de estar apoyado en la cama por unos segundos y vuelve a caer, David vuelve del baño emocionado, da un beso en la mejilla de Alma y se sienta de nuevo a su lado pensando en si lo que acaba de leer le habrá gustado.

20

La salud de Alma mejora cada día un poco más y así se lo hacen saber los doctores a David. Él se encarga de dar la buena noticia a su amiga y hermanos, incluido Fabio, al que, armándose de valor, le había dado la noticia, que desde Italia pregunta por ella casi a diario. También se encarga de que en la habitación de la chica no falten nunca flores, quiere que, el día que abra los ojos, vea un lugar bonito. Sigue entrando a la habitación cada día con su canción, la que los vio juntar sus almas en aquel mirador, y lee el poema que escribió para ella casi cada día.

Los días de David siguen siendo frenéticos, de trabajo por la mañana y tardes de hospital. Una de ellas, al entrar en la habitación, encuentra encima de la mesita una pequeña botella de agua; alguien había estado allí y la olvidó, pero ¿quién podía haber sido? Cristina le comentó que esa semana no podría pasar a verla debido a algunos compromisos.

David no quiere quedarse con la duda y se dirige al mostrador de control de enfermería a preguntar.

—Hola, disculpe, he encontrado esta botella en la habitación, ¿ha estado alguien visitando a Alma?

—Hola, sí, ha estado el hombre que suele venir algunas mañanas a verla.

—¿Un hombre?, ¿qué hombre? —David no da crédito: de nuevo, alguien desconocido está visitando a Alma.

La enfermera se encoge de hombros sin saber muy bien qué respuesta dar. David vuelve a la habitación contrariado; no sabe quién puede ser la persona que va a visitar a Alma cuando él no está, quizá ha podido ser algún amigo que se ha enterado de la noticia o Enrique, el notario de la familia. El sonido de su teléfono le despierta de todos esos pensamientos: el jefe de obra de la casa de los Conti le comenta que, de nuevo, han aparecido algunos agujeros, justo al lado de los que ya taparon. David pide que los tapen de nuevo, no quiere ir a verlos; es muy extraño, pero su cabeza ahora está ahí, con Alma, y no quiere que nada ni nadie le interrumpa. Eso sí, a ratos, su cabeza se va a esa botella y al hombre que, durante su visita, se la pudo dejar allí.

—Mire, agente, los primeros aparecieron aquí, y justo al lado, los demás; llevamos así una semana y ya no sabemos qué puede ser.

Después de darle muchas vueltas, David ha llamado a la Policía para informar de lo que está sucediendo, ya van más de cuatro días en los que aparecen agujeros por ciertos lugares de la casa, incluso del jardín.

—Hemos tomado algunas fotos; la verdad, es la primera vez que veo algo así. Parecen cavados por un humano, un animal no creo que pueda hacer algo así. Es extraño. —Los agentes observan, junto a David y al jefe de obra, los últimos agujeros sin saber muy bien qué decir y con cara de circunstancias.

Alma abre los ojos, ha despertado. Llaman para comunicar la noticia a David, que sale corriendo de la casa de los Conti camino del hospital. Está muy nervioso por poder volver a ver los ojos por los que siempre suspiró mirándole de nuevo. Al llegar, un enfermero sale de la habitación y le lanza una sonrisa a David, allí ya todos le conocen y se alegran de la noticia. Al entrar, está Alma mirando al techo; él entra casi de puntillas, como levitando, sin querer que nada perturbe la tranquilidad y pueda asustarla. Se queda a una distancia prudencial de la cama. No sabe cómo actuar, quizá ella no sepa ni quién es. Alma cierra los ojos, respira hondo y vuelve ligeramente la cara con mucho esfuerzo; por fin, se vuelven a mirar a los ojos. Ella sonríe ligeramente, David se acerca a la cama y, como siempre, la besa en la frente y agarra su mano. El reencuentro de dos personas que estuvieron al lado día tras día, pero que hoy vuelven a estar juntas mirándose. El sonido de la puerta interrumpe el momento: es la doctora, que, con gestos, pide a David que salga para hablar con él. Quiere darle algunas pautas, le comenta que su cerebro tiene que ir recuperando poco a poco sus funciones; le pide que le hable por su nombre, en un tono de voz suave y despacio, de lo que él quiera: recuerdos, familia, etc.

David está tan feliz que le dice que sí a todo a la doctora, solo quiere volver a cruzar la puerta para verla y así lo hace. Se sienta a su lado, agarra su mano y le empieza a contar lo contento que está de volver a ver sus ojos y su sonrisa. Le dice que todo va bien y que Cristina y Fabio preguntan todo el rato por ella; de Miguel, prefiere no decirle nada, no quiere perturbar su tranquilidad. Ella mira fijamente a la pared frente a la cama y en algunos momentos vuelve los ojos hacia él solo por unos segundos.

Esa noche la pasaría junto a ella, no quiere separarse; sin embargo, los dos deben descansar. Ella cierra los ojos antes de que él salga de la habitación. David está agotado, la sensación con la que se monta en su coche en el aparcamiento del hospital es de felicidad por el gran paso que han dado juntos y también de que queda mucho por hacer, pero esta noche prefiere quedarse con lo bueno y dormir con la esperanza de que pronto estarán juntos viviendo esa vida que habían planeado. Ojalá haberle dicho antes de todo que sí, que se iba con ella a Italia o al fin del mundo; los seres humanos y esa fea costumbre de no hablar de los sentimientos.

21

Han pasado casi dos meses desde que Alma despertó. Sigue necesitando muchos cuidados, pero la evolución es muy favorable: ha comenzado algunos tratamientos de fisioterapia, pasa algunos ratos sentada en el sillón de su habitación, y otros, en una silla de ruedas que el hospital le ha prestado; creen que en un futuro pueda volver a caminar, aunque en estos casos nada es seguro; come algunos alimentos líquidos y casi no puede mover ninguna parte de su cuerpo, excepto, algunas veces, las manos de una manera leve. David ha estado a su lado en todo momento; ella no puede articular palabra, pero, con su sonrisa, «paga» por todo lo que él hace por ella.

Es 28 de agosto. David ha pedido permiso al hospital, dada la mejoría de Alma en las últimas semanas, para sacarla por su cumpleaños excepcionalmente. Entra en la habitación con la melodía del *Cumpleaños feliz* sonando desde su móvil, y no su canción. La sonrisa de Alma al verle entrar cantando es de esas en las que ves la felicidad extrema. La abraza y, con un felicidades sonoro, le estampa un beso.

Apoya algunas bolsas en la cama y va sacando ropa que le ha comprado para estrenar en un día tan especial. Ella le mira extrañada, David le da la noticia de que salen a pasear por ser su cumpleaños. La sensación de Alma es una mezcla de alegría con mucho miedo: volver a ver la vida es algo que le gusta, solo que, después de tanto, da cierto reparo.

David sigue sacando ropa de una bolsa: algo de ropa interior, un vestido veraniego muy colorido y bonito y unas deportivas de colores suaves. La pregunta si le gusta; con los ojos, hace un gesto de aprobación, y él sale a pedir ayuda al personal sanitario para vestirla. Ha llevado también su perfume y maquillaje, el que llevaba en el bolso el fatídico día. Él espera fuera a que terminen de prepararla. En un momento, se abre la puerta de la habitación y en la silla de ruedas, empujada por una de las profesionales, aparece Alma. David se queda sin palabras: está preciosa. En tantos días de sufrimiento había soñado con ese momento. Agradece el que le hayan puesto tan bella y toma los mandos de la silla camino del ascensor. Una vez en la calle, piden un taxi adaptado, que no tarda en llegar. Esperan a la sombra, el calor aprieta en los últimos días de agosto. Suben a Alma a la parte de atrás y ponen rumbo a la dirección que David ha indicado al taxista.

Según se van acercando al destino, a Alma le van viniendo recuerdos bastante nítidos del lugar. Al llegar, David paga al taxista con su tarjeta y este, amablemente, desengancha las cinchas que sujetan la silla de ruedas y la baja por la rampa.

Cuando este se aleja, se queda la pareja delante de una casa que ella conoce muy bien. David abre la puerta del jardín y, por el caminito de piedra, se acercan a la casa. Ha puesto una rampa de madera de forma provisional para poder subirla y entrar dentro. Pasan por un pequeño porche con una mesita y dos sillones; en una esquina, un pequeño mueble con un televisor; al pasar por la puerta, un recibidor pequeño, y a la derecha, una puerta que da directamente al salón. Al entrar, enciende la luz y, encima de la chimenea, una foto inmensa de los dos en Bérgamo preside la estancia. Los ojos de Alma no dan crédito a lo que ven, se cruzan muchos recuerdos de su familia y, a la vez, le emociona ver la foto de los dos en un viaje tan especial. Comienzan a llenarse sus mejillas de lágrimas. Hay algo más en la emoción de Alma al ver la imagen que en ese momento David no llega a entender, imagina que será la ilusión de todo lo que está aconteciendo.

—¿Te gusta? Sí, he sido yo quien ha comprado la casa de tus padres y la he arreglado un poco estos últimos meses. Sé que tu sueño era irnos fuera de aquí y ojalá se pueda cumplir; de momento, pensé que también te haría ilusión que tu hogar de niña fuera ahora nuestro hogar. —David se agacha sobre la silla para explicarle mientras le mira a los ojos.

Ella sonríe y, a la vez, una lágrima cae por su mejilla, que él limpia cuidadosamente mientras la besa y agarra su mano. Le enseña algunos muebles nuevos y la pequeña reforma que ha realizado en la planta baja. En una de las habitaciones aparecen algunos agujeros de nuevo, la Policía no ha dicho nada y David prefiere, en ese momento, no darle más vueltas. Saca a Alma a la calle y le propone dar un paseo por el barrio. Le pone un poco de protección solar y un sombrero para protegerla del intenso calor, y comienzan el paseo. David tiene que hacer bastante esfuerzo para empujar la silla, ya que la subida es pronunciada, hasta que llegan arriba. Ya en llano, David para un poco para coger aire y recobrar el aliento.

—Creo que voy a decir en el hospital que le pongan menos ingredientes a esos purés, ya que no puedo contigo —bromea David mientras intenta recuperar la respiración.

Tras el comentario, Alma rompe a reír a carcajadas; hacía mucho que no reía así y eso emociona a aquel hombre.

Adelantan unos metros y llegan al estanque, allí reina la tranquilidad; el silencio, solo roto por el agua de la fuente que cae, y una brisa de aire más bien caliente les reciben.

Hay una mesa decorada con una exquisita elegancia con algo de comida y bebida; al lado, un chico con barba está esperándoles con una guitarra colgada. A la señal de David, los primero acordes de *¿Cómo pagarte?* comienzan a sonar mientras él se agacha.

—Cariño, feliz cumpleaños. Sé que aquí pasaste muchos días felices en tu infancia y por eso he querido traerte y celebrar tu primera vuelta al sol juntos. Como dice nuestra canción, quiero cuidar tu sonrisa siempre, mira a tu alrededor y disfruta. Espero que te guste.

David saca una cajita y la abre cuidadosamente mientras el chico sigue cantando su canción. Saca una pulsera en la que se puede leer «Eres lo más bonito que el destino ha hecho por mí» y se la coloca en la muñeca; los dos lloran. Alma levanta con mucho esfuerzo su mano y acaricia la cara de David. No hay consuelo para dos enamorados a los que la vida no se lo ha puesto fácil. La canción termina y los dos miran al cantante. David aplaude mientras le da las gracias. En ese instante, dos personas se acercan a lo lejos; vienen dando saltos y cantando a voces el cumpleaños feliz. David da la vuelta a la silla para que Alma pueda ver de frente a esos dos locos que gritan: son Cristina y Fabio, que ha viajado para verla. La abrazan de manera cuidadosa y, a la vez, con todo el sentimiento del mundo. Más que un cumpleaños, parece un funeral, pero las emociones están tan a flor de piel que la forma de expresarlo y sacar lo que todos llevan dentro es a través de las lágrimas y para nada es algo malo.

La tarde transcurre entre felicidad y risas ahí donde tantas veces Alma había jugado y reído de pequeña junto con sus amigos. El cantante toca un repertorio de canciones más animadas hasta la hora en la que Alma debe volver al hospital; se le nota cansada, ha sido un día de muchas emociones para ser su primera salida al mundo. Llaman a un taxi. El primero en bajarse será Fabio, que pasará la noche en la casa de los Prados, ya que David le ha dejado las llaves para que no tenga que pagar hotel. Cristina vive cerca del hospital, con lo que va con ellos hasta allí y se despide en la puerta. David sube a Alma hasta la habitación. Ya la están esperando para acostarla. David se agacha y le pregunta si le ha gustado la sorpresa, a Alma se le vuelven a poner los ojos llorosos mientras afirma con un leve movimiento de cabeza y ojos.

—Voy a pedir a Cris y Fabio todas las fotos que han tomado con sus móviles y, junto con las mías, voy a ir a revelarlas y hacer un bonito álbum para que lo tengas de recuerdo; mañana, cuando venga, te enseño cómo ha quedado y las vemos juntos, ¿vale?

Alma asiente. La abraza, la besa y se emplazan para el día siguiente. El personal sanitario mete a la chica en la habitación. David se da la vuelta con una sonrisa y encara el pasillo camino del ascensor lleno de satisfacción.

22

Después del cumpleaños, Fabio sale a correr por el barrio; le gusta hacer algo de ejercicio antes de dormir, ya ha caído la noche y es el mejor momento, ya que el calor no aprieta tanto.

Al volver, se da una ducha y bebe agua, ve una serie en Netflix en el salón y, cuando el sueño empieza a vencerle, decide subir a la cama; va a dormir en el antiguo despacho del señor Conti, que ahora es la habitación de invitados, se encuentra en la planta de arriba y tiene un baño justo en la puerta de al lado. No tarda en dormirse, pero, sobre las dos y cuarenta y cinco, un ruido hace que despierte sobresaltado. Abre los ojos y los vuelve a cerrar; «Algo se habrá caído», piensa. Cinco minutos después, otro golpe y una voz de hombre hacen que se despierte de nuevo. Piensa que quizá David se haya podido dejar algo y haya vuelto a buscarlo. Mira su reloj, se incorpora poco a poco para no hacer ruido, camina lentamente por el pasillo hasta llegar a la barandilla de madera, se asoma y ve luz. En la pared se reflejan lo que parecen linternas. Comienzan a escucharse ligeros golpes contra la pared con lo que parece un pico. Fabio duda si llamar a David o directamente a la Policía. Los golpes no cesan y cada vez van a más. Decide bajar poco a poco las escaleras; el ruido y la luz vienen de la habitación del fondo, se asoma. Uno de los dos hombres lo ve y le grita preguntándole quién es. Fabio corre escaleras arriba mientras busca el teléfono de David en la agenda de su móvil, detrás se escuchan pasos persiguiéndole. Se encierra en su habitación; no hay pestillo e intenta sujetar la puerta con su propio peso. La persona que hay al otro lado comienza a golpear con algo. David no contesta, marca el número de la Policía, da el nombre de la calle y el número y grita ayuda; no puede decir más, necesita todas sus fuerzas para que no consigan abrir. Aparta la cara, están dando con algo y la rompen poco a poco; no quiere que, si traspasa la puerta, le pueda hacer daño. El corazón le palpita muy rápido, tiene que tomar una decisión, hacer algo que salve su vida.

La ventana de la habitación está abierta de par en par. Enfrente hay dos árboles; de un gran salto, podría agarrarse a las ramas y escapar. Tiene que ser algo rápido. Es peligroso, si no lo consigue, las consecuencias serían terribles. Guarda el móvil en el bolsillo del pantalón del pijama y cuenta hasta tres, suelta la puerta y corre hacia la ventana, se impulsa en el marco de madera y salta; el árbol está muy cerca, se agarra con todas sus fuerzas. Desde la ventana, un hombre que grita nervioso le alumbra con una linterna, apunta directamente a sus ojos para intentar cegarle. La rama a la que se sujeta con el brazo derecho se está rompiendo.

David está feliz, vuelve a casa con una sonrisa de oreja a oreja; la sorpresa que llevaba preparando hacía semanas le ha salido a la perfección y, lo que es mejor, parece que Alma lo ha pasado en grande. Todo el cansancio que se va acumulando en su cuerpo es casi imperceptible cuando la ve sonreír. Ya tiene ganas de que llegue el día siguiente para poder volver a verla y, quizá, dar otro paseo, esta vez por la zona del hospital, enseñarle las fotos ya reveladas y juntos poder rememorar ese momento. Antes, por la mañana, debe ir a comprar algunas cosas para la casa, pasar por el fotógrafo y, además, ha quedado con Fabio para desayunar juntos, todo antes de ir a trabajar, ya que este debe volver a Bérgamo a mediodía; se antoja otro día movido.

De camino a casa, se detiene a recoger algo de cena en un restaurante de comida turca. Después de cenar, lee en el sillón algunas hojas de un libro que lleva a medias, una novela romántica; es lo que a David le apasiona, las historias de amor en todas sus versiones. Los ojos se le cierran y decide ir a dormir; antes, intenta revisar el móvil, pero no puede: después de todo el día usándolo, por la mañana para el trabajo y por la tarde para tomar un montón de fotografías y videos de la celebración, se ha descargado la batería. Lo enchufa en el cargador que tiene junto a la mesilla y cae rendido sin ni siquiera encenderlo.

Se despierta sobresaltado y con la boca seca; la comida turca le ha debido dar sed. Estaba soñando plácidamente, no lo suele hacer a menudo y menos acordarse de lo que sueña; esta vez, sí: estaba en el hospital sentado en la orilla de la cama de Alma, los dos reían y ella, con su voz, esa voz que llevaba meses sin sonar, le daba las gracias por todo lo que había hecho por ella, por quererla como jamás nadie la quiso, y le hablaba de su casa, de una caja blanca. Mientras sus manos se soltaban, un celador se llevaba a la chica tumbada en la cama. «Qué intrigante esto de los sueños», piensa.

David bebe agua directamente de una botella que guarda en el frigorífico y sonríe: ha escuchado la voz de Alma de nuevo. Antes de coger de nuevo el sueño, enciende el móvil, que ya está a tope de carga: dos notificaciones de llamada. Es Fabio hace cinco minutos; otra, de un número que no conoce. A todos les ha dado por llamarle en el único rato que su teléfono está apagado. La hora de la llamada no es normal y David se preocupa.

Fabio está a punto de perder el equilibrio. Piensa en bajar y saltar por la valla al exterior de la casa, pero no las tiene todas consigo, está todo muy oscuro. El hombre que le apuntaba con la linterna ha desaparecido después de hacer amago de subirse a la ventana y saltar; quizá esté abajo esperando a que caiga. El teléfono comienza a sonar.

—¡David!, ¡David! Hay gente en tu casa, tengo miedo. —Fabio descuelga rápido, quiere dar mucha información en poco tiempo y no acierta a explicar bien lo que está pasando; el terror le paraliza, además del esfuerzo que está haciendo por no caer.

—¿Cómo que hay gente en mi casa? Fabio, tranquilo, dime qué ocurre.

El teléfono se escurre de las manos del chico y cae al suelo. Poco a poco, decide descender por el tronco del árbol. No le quedan fuerzas. El roce con la madera le está quemando brazos y piernas. Una vez abajo, coge el móvil con la pantalla totalmente rota y sale corriendo por el lateral hacia la puerta del jardín que da a la calle, salida que solo es alumbrada por un pequeño foco. En el jardín no se ve nada. Avanza lentamente hacia la luz; a pocos metros de la salvación, alguien se le abalanza encima y caen al suelo. Fabio grita auxilio mientras llora. El hombre se fija en la cadena de oro y diamantes que el chico lleva al cuello y, de un tirón, se la arranca.

—¿Qué haces tú con esto?, ¿has entrado a robar aquí? —dice sentado encima del vientre de Fabio con una mano agarrándole del cuello de la camiseta y con la otra mostrando la medalla que le acaba de arrancar.

—No, por favor, no me la quite; es un regalo de mi padre.

—¿De tu padre? No digas bobadas, te voy a enseñar a no coger cosas de los demás.

El hombre saca del bolsillo un martillo y levanta el brazo cogiendo impulso para dar a Fabio; en ese momento, un policía grita desde la puerta apuntando con un arma mientras otros dos aparecen por diferentes partes del jardín saltando la valla con su pistola en alto. Piden que suelte el martillo, lo tire al suelo y se levante con las manos en alto. Obedece y se entrega. En ese momento, un segundo hombre sale corriendo de la casa y tropieza torpemente con una jardinera; uno de los agentes se abalanza sobre él y lo detiene. Fabio se levanta del suelo llorando. Un policía engrilleta al hombre y un tercero consuela al chico, que no puede dejar de temblar de miedo.

David, sin vestirse, en pijama, se pone unas deportivas y sale raudo hacia la casa de Los Prados. No hay casi tráfico; aun así, el camino se le hace eterno. Según se va acercando, las luces azules de varios coches de Policía iluminan el barrio. Algunos vecinos curiosos aguardan en batín y zapatillas de estar por casa. Aparca delante y se baja nervioso; uno de los agentes que custodian la puerta le frena.

—Perdone, no se puede pasar.

—Soy el dueño de la casa, ¿qué está pasando? —David levanta la voz intranquilo intentando zafarse del policía, este se lleva la mano al *walkie* y reclama a alguien.

—Espere aquí, por favor.

David no está dispuesto a esperar ni un segundo con la incertidumbre de no saber lo que ocurre en el interior de su casa; cuando así se lo va a hacer saber a la persona que le impide el paso, se abre la puerta negra que da acceso al jardín. Por ella aparecen dos hombres esposados. David no puede creer lo que ven sus ojos. A uno de ellos no lo conoce; al otro, sí: es Miguel Conti. Este le mira y baja inmediatamente la cabeza. Detrás sale Fabio con los ojos hinchados de llorar y se abraza a David todavía temblando.

—Tranquilo, ¿estás bien? ¿Alguien me puede decir qué está pasando aquí?

—El chico descubrió a estos dos dentro e intentaron agredirle. —El policía intenta explicar la situación ante el desconcierto del dueño de la casa.

—Miguel, ¿qué haces tú aquí? —David intenta poner en orden todo. No entiende absolutamente nada, situaba a Miguel en Italia hace días y no allanando su casa. Miguel no dice nada, solo agacha la cabeza.

—Ellos eran los que hacían los agujeros que usted denunció. Buscaban una medalla de oro y diamantes que sabían que estaba escondida por la casa; resulta que la llevaba el chico colgada, era suya. —El jefe de Policía explica a David lo que sabe después de tomar testimonio a los implicados, aunque ni él mismo es muy consciente de lo rocambolesco de la historia.

—Esa medalla era para mí, la tenía escondida mi padre, pone claramente «Te quiero, hijo». —Miguel rompe su silencio y grita haciendo los pocos aspavientos que las esposas le dejan hacer.

—En las últimas voluntades, tu padre dejó escrito que esa medalla fuera devuelta a su dueño, que es él, Fabio, tu hermanastro; por eso tu hermana se la llevó a Italia, que es donde él vive. Lo que ignoro es por qué vuestro padre la tenía escondida, supongo que sería para que tu madre no la descubriera hasta dejarla en manos del notario, aunque solo es una suposición mía. —David intenta arrojar algo de luz al asunto mientras lleva su mano derecha al pecho.

El silencio se hace en ese momento, solo roto por el sonido de los grillos que van acorde a las luces azules que inundan la cálida noche de verano. Miguel y Fabio se miran incrédulos. Los policías meten a los dos sospechosos al coche y se los llevan detenidos, Fabio recoge sus cosas y se va a casa de David a pasar el resto de la noche; está tan aterrorizado que no quiere quedarse solo en una casa tan grande. En la mano lleva agarrada con fuerza la medalla con la cadena rota, no quiere perderla.

23

Está casi amaneciendo cuando entran en la casa de David; este invita a Fabio a que duerma en su cama y él se tumba en el sofá. En pocas horas tiene que ir a trabajar; después de todo, cree que no pegará ojo. Revisa el teléfono de nuevo, que, con las prisas, se había dejado en casa; tiene dos llamadas del mismo número que le llamó cuando se quedó sin batería. Llama de vuelta y comunica: es el numero de una centralita, a veces le han llamado a altas horas de inmobiliarias de otros países por temas de trabajo, sin darse cuenta de la diferencia horaria, buscando alquileres vacacionales para personas de alto poder adquisitivo que quieren visitar España. El sueño le vence; intenta mantenerse despierto, pero cree que es peor dormir un rato que no dormir nada.

Alma aparece delante de él, en su salón; ya camina. David, sorprendido, se incorpora. Los dos sonríen. Ella lleva en la mano la pulsera grabada que este le regaló por su cumpleaños; se la da, él le dice que no, es un regalo para ella. Sin embargo, insiste gesticulando y ofreciéndosela para que la coja. No articula palabra. Le da un beso. Él no entiende nada.

Suena el despertador. David lo apaga y se mete a la ducha a intentar despejarse después de haber dormido muy poco. Siente una sensación extraña. Se viste y se prepara para ir al trabajo. Mira el móvil; mientras se duchaba, le han llamado, esta vez le han dejado un mensaje en el buzón de voz: es del hospital, le piden que acuda lo antes posibles. Coge las llaves del coche y recorre los kilómetros que separan su casa del hospital a mucha velocidad, poniendo en riesgo su vida, saltándose incluso algún semáforo. Al llegar, aparca mal en un lugar prohibido y no espera al ascensor, sube las escaleras de dos en dos y de tres en tres. Al llegar a la planta, corre hacia la habitación; la puerta está abierta, dos auxiliares hacen la cama vacía. Antes de que David pregunte, María, una de las enfermeras que, después de tanto tiempo, tenían un trato cercano con él, dice su nombre desde la puerta. Este se da la vuelta. Ella le entrega la bolsa con la ropa que David regaló a Alma el día anterior; en la otra mano, sujeta la pulsera, que también le ofrece mientras pronuncia las palabras que este jamás querría escuchar y no olvidaría el resto de su vida.

—Lo siento mucho, Alma ha fallecido.

David comienza a negar con la cabeza y cae de rodillas apretando con la mano la pulsera y gritando el nombre de Alma. Los gritos de dolor retumban en toda la planta. María le toca en el hombro e intenta consolar a un hombre sin consuelo, no consigue levantarlo del suelo. En veinticuatro horas habían pasado de un momento feliz a no poder ni despedirse.

El equipo de psicólogos del hospital atiende a David. Este llama desconsolado a Cristina y a Fabio; la primera sale hacia el hospital corriendo, con Fabio no puede contactar a través de su móvil, ya que la noche anterior se le había roto, así que llama repetidamente al teléfono fijo de casa hasta que, extrañado de tanta insistencia, este descuelga. No puede creer la noticia y tampoco contener las lágrimas, coge un taxi y también se dirige al hospital. Está lloviendo, las nubes negras cubren la ciudad, es uno de esos días que se niegan a amanecer del todo.

David se sienta en el vestíbulo donde hay dos máquinas expendedoras, una de café y otra de refrescos. Abre la galería del móvil y comienza a pasar las fotografías del día anterior; no puede contener las lágrimas, la sonrisa que prometió cuidar siempre se había apagado y él no estaba allí para decirle adiós ni agarrar su mano mientras partía. En ese momento, David se acuerda de los dos sueños que esa noche tuvo: ella sí fue a despedirse de él y darle las gracias por cuidarla; eso le crea una sensación difícil de explicar, un sentimiento de calma y tristeza a la vez que nunca antes había sentido.

Se abre la puerta del ascensor. Cristina y Fabio, entre lágrimas, salen de él y se funden en un abrazo con David; los tres, abrazados, lloran desconsoladamente, es lo único que rompe el silencio de ese momento.

Hace una semana que la vida para David vuelve a comenzar sin la persona con la que quería haberla vivido. Ha quedado con Cristina para ir a casa de Alma, ninguno de los dos está preparado para pasar el trago, pero sienten que es lo que deben hacer. Al entrar, huele a su perfume. Se habían prometido no llorar, solo lo cumplen durante unos diez segundos. Hay muchas cosas metidas en cajas pensando en la mudanza inminente a Bérgamo; al fondo de la habitación, encima de una mesa de madera, una caja blanca que a David le es muy familiar: sin duda, es de la que Alma le hablaba en el sueño, está seguro. La señala sin decir nada mientras se acerca sigilosamente. Cristina le observa algo extrañada esperando el desenlace. Al llegar a ella, con mucho cuidado, saca una máquina de escribir, la máquina de escribir que tanto le gustó cuando la ayudó a hacer la mudanza y que pertenecía al señor Conti. En ella, apoyada sobre las teclas, la misma foto que David había colgado en el salón, los dos juntos sonriendo en Bérgamo; detrás, saliendo del rodillo, unas letras escritas con esa misma máquina.

«Te regalo esta máquina de escribir a la que tanto cariño tengo. Sé que te gustó mucho desde el día en que la viste, ahora quiero que la tengas tú; solo hay una condición: espero que la llenes de letras inspiradas en nosotros y cuentes al mundo nuestra historia».

Una lágrima cae sobre el papel, se corre un poco la tinta. David abraza la foto contra su pecho.

—Así será, cariño, te prometo que así será...

Agradecimientos

Llegar a este momento en el que el sueño de lanzar al mundo mis letras se hace realidad no ha sido un camino fácil; por eso, quiero dejar estas líneas para agradecer a quien, a sabiendas o no, me ayudó y me apoyó no solo a lo largo de este proyecto, sino también a lo largo de mi vida.

Empiezo por ti, mamá, por darme la vida más de una vez, por enseñarme día a día a seguir con la cabeza alta en los momentos de tormenta.

A ti, papá, por ser mi superhéroe favorito.

A los dos, por luchar incansablemente por nosotros y transmitirnos los mejores valores y la mejor educación que se puede dar a unos hijos.

A ti, Leti, porque tenerte como hermana es el mejor regalo que la vida me podía hacer.

A los tres, porque la vida es un lugar maravilloso a vuestro lado; os quiero con todas mis fuerzas.

A ti, abuela Pili, por tu ejemplo de vida y tu amor incondicional.

A mi familia, la que está y la que nos dejó, porque de todos llevo un trocito de vida.

Mil gracias, Mae, por confiar en mí, ayudarme a cumplir mi sueño, por todo tu cariño y apoyo; el corazón tan grande que tienes es el sol que ilumina el Mediterráneo.

A Leticia Ortiz por tu amistad sincera; qué suerte la mía haberme cruzado contigo en esta vida.

A Emilio, Mari, Cris, Iván, Laura Miño, Laura Rodríguez, María Jiménez, Alberto Pérez, Ana Tordesillas, Esti y Vero, la otra familia, esa que se elige a lo largo de la vida para reír y llorar juntos.

A personas con mayúsculas como Beatriz Ruiz, gracias por tu mano salvadora, y a Óscar Calvo por darme la oportunidad y confianza cuando más la necesitaba.

A todos y todas mis compañeros de trabajo.

A quien me vio crecer en esto de plasmar mis letras y me animó a seguir, apoyándome y dándome todo su cariño día tras día desde hace dos años, todas y todos mis seguidoras y seguidores de @letrasaflordepiel en Instagram.

En general, a todas las personas que están en mi día a día o pasaron por mi vida de una u otra forma.

Gracias a ti, que estás leyendo estas líneas, por comprar mi libro y apostar por un autor novel; espero de corazón que sea de tu agrado.

Índice